Luigi Malerba
Taschenabenteuer

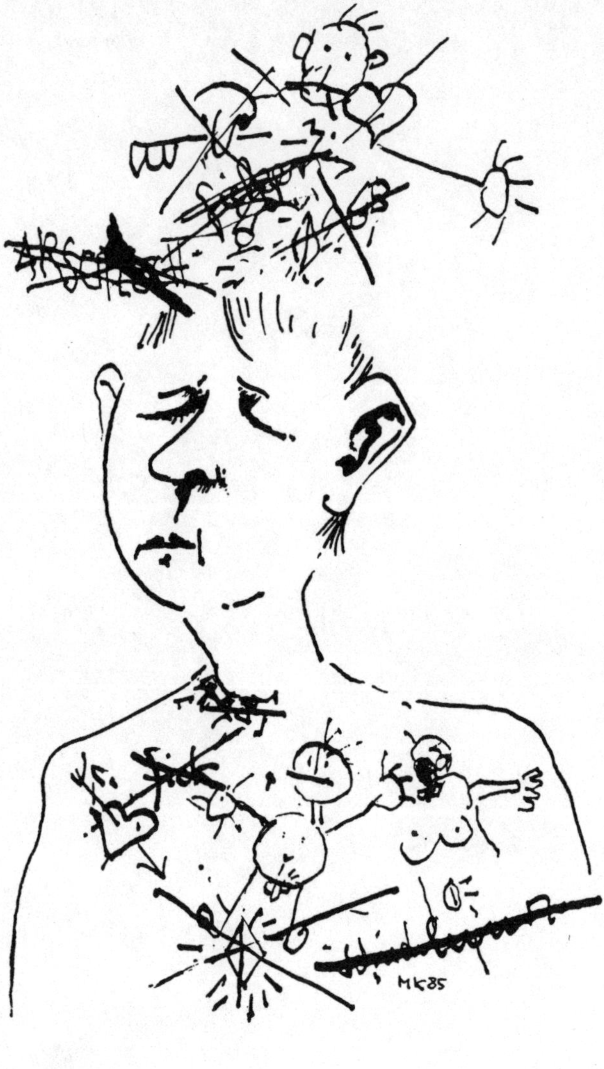
MK85

Luigi Malerba

Taschenabenteuer

Dreiundfünfzig Geschichten

Aus dem Italienischen von
Iris Schnebel-Kaschnitz
Mit Zeichnungen von Matthias Koeppel

Verlag Klaus Wagenbach Berlin

Die Geschichten erschienen zuerst in den Bänden
Storiette und *Storiette tascabili*
bei Giulio Einaudi editore, Turin.

Wagenbachs Taschenbuch 299
Neuausgabe 1998

Verlag Klaus Wagenbach, Ahornstraße 4, 10787 Berlin
Umschlaggestaltung Groothuis+Malsy, Bremen, unter Verwendung
einer Graphik von Johannes Vennekamp.
Umschlagphoto von Ekko von Schwichow.
Die Karnickel auf Seite 1 zeichnete Horst Rudolph.
Gesetzt aus der Korpus Janson Antiqua Linotype.
Druck und Bindung durch die Druckerei Wagner, Nördlingen.
Gedruckt auf chlor- und säurefreiem Papier.

ISBN 3 8031 2299 6

Inhalt

Taschenabenteuer

Die Ordnung der Welt

Marione hatte beschlossen, daß es nicht so weitergehen dürfe und daß er dringend die Welt in Ordnung bringen müsse. Er sah sich um und mußte die Augen schließen, weil er es nicht ertragen konnte, alle Dinge so durcheinandergewürfelt und miteinander vermischt zu sehen. Eines Morgens kaufte er zwei dicke Hefte und begann, die geraden Zahlen von den ungeraden zu trennen. Er schrieb die einen ins eine und die anderen ins andere Heft, und als er bei hundert Millionen angelangt war, hörte er auf und machte sich daran, die quadratischen Dinge von den runden zu trennen.

Nachts im Traum verrückte er die Engelsburg und das Pantheon, alle römischen Kirchenkuppeln, die Antoninssäule und die Hadrianssäule, die Piazza del Popolo und den Esedrabrunnen, den gleichnamigen Platz und die kleine Sporthalle, um alle runden von allen quadratischen und rechteckigen Bauwerken der Hauptstadt zu trennen.

Am nächsten Morgen ging er wie gewöhnlich zur Arbeit. Marione arbeitete als Angestellter in einem Supermarkt und war diesmal bis ein Uhr damit beschäftigt, ein wenig Ordnung zu schaffen, wie er es nannte. Er stellte alle viereckigen Behälter auf die eine und alle runden Behälter auf die andere Seite, so daß die Keksschachteln zusammen mit den Waschmittelkartons und die Konservendosen zusammen mit den Insektenspraydosen auf jeweils denselben Regalen standen. Der Direktor des Supermarkts schäumte vor Wut und drohte, ihn zu entlassen. So mußte Marione abends nach Geschäftsschluß noch dableiben, um alle Dinge wieder genauso in Unordnung zu bringen wie sie vorher waren.

Marione versuchte, seinen Freunden zu erklären, daß er die Welt in Ordnung bringen wolle, aber niemand mochte ihn verstehen und vor allem mochte ihm niemand helfen. Da er nicht zu denen gehörte, die leicht den Mut verlieren, beschloß er, alles alleine zu machen. So begann er eines schönen Tages damit, das Weiße vom Schwarzen zu trennen. Aber auch dabei stieß er auf eine Fülle von Schwierigkeiten. Wie sollte er die weißen Schaumkronen der Meereswellen von den schwarzen Felsen der Küste trennen? Den Kopf ganz voll von solchen Gedanken schlenderte Marione durch eine belebte Straße, als er plötzlich eine Frau mit einer weißen Bluse sah, die eine schwarze Tasche am Arm trug. Marione rannte ihr nach und riß ihr die Tasche vom Arm. Er landete auf dem Polizeikommissariat und hatte große Mühe zu erklären, daß er kein Handtaschendieb war.

Nach dieser unliebsamen Erfahrung wandte sich Marione wieder seiner Schreibtischarbeit zu. Er nahm ein Wörterbuch und eine Schere zur Hand und begann, die einsilbigen von den mehrsilbigen und die endbetonten von den anfangsbetonten Wörtern zu trennen, dann trennte er die Substantive von den Abjektiven, die Verben von den Adverbien, die Vokale von den Konsonanten, und endlich entschloß er sich der Vollständigkeit halber auch noch alle Buchstaben des Alphabets zu ihren Kameraden zu gesellen – alle ›A‹s zu den ›A‹s und alle ›Z‹s zu den ›Z‹s, wobei natürlich die großen Buchstaben auf die eine und die kleinen auf die andere Seite kamen. Viele Nächte lang war er mit Ausschneiden beschäftigt, bis er ebensoviele Säcke mit Buchstaben gefüllt hatte wie es Buchstaben im Alphabet gibt.

Mariones Nächte bevölkerten sich mit phantastischen Träumen. Er trennte den Sauerstoff vom Wasserstoff, die Druckerschwärze vom bedruckten Papier, den Sand vom Zement, das Eisen vom Holz, die Heuschrecken von den Ameisen, das Wasser von der Erde, den Parmesan von den Makkaroni, die Hitze von der Kälte, den Mond vom Mondschein und vieles andere mehr.

Eines Morgens nach einer unruhigen Nacht stand Marione auf mit dem Entschluß, die Männer von den Frauen zu trennen. Er ging durch die Straßen, und jedesmal wenn er einen Mann mit einer Frau sah, drängte er sich dazwischen und versuchte, sie zu trennen. Aber niemand wollte etwas von Mariones neuer Ordnung wissen, und irgendwer gab ihm sogar eine Ohrfeige.

Beim Anblick von so viel Unordnung ringsumher auf der Welt wurde Marione immer deprimierter. Als seine Frau drohte, daß sie ihn verlassen würde, wenn er weiter darauf bestünde, die Männer von den Frauen zu trennen, gab Marione endlich Frieden und sah ein, daß ein wenig Unordnung ganz gut zu ertragen sei.

Sandrone hatte ein schönes fettes Schwein, das durch Feld und Wald immer hinter ihm herlief. Wenn Sandrone die Reben schnitt, tänzelte das Schwein um ihn herum, fraß ein wenig Gras und leckte ihm zum Zeichen seiner Zuneigung hie und da über den Schuh. Als das Dreikönigsfest nahte, brachte Sandrone es nicht übers Herz, sein Schwein zu schlachten, wie er es in früheren Jahren mit anderen Schweinen getan hatte. Es tat ihm zu leid, er hatte das Schwein ins Herz geschlossen und mochte nicht auf seine Gesellschaft verzichten.

Sandrone dachte tagelang nach und beschloß am Ende, auf Speck und Würste zu verzichten und sich mit einem Schinken zu begnügen. Er schnitt dem Schwein tatsächlich ein Hinterbein ab und pökelte es ein. Dann ließ er ihm vom Tischler ein Holzbein machen.

Das Schwein begleitete seinen Herrn auch weiterhin aufs Feld und hinkte mit seinem Holzbein hinter ihm her. Eines Tages, als Sandrone ihm eine Rübe hinhielt, biß das Schwein Sandrone zusammen mit der Rübe einen Finger ab und fraß ihn auf. Dann rannte es schnurstracks zum Holzschuppen, holte mit den Zähnen ein dünnes kurzes Stöckchen und brachte es Sandrone, damit er es an die Stelle des Fingers setzte, den es ihm abgebissen hatte.

MK85

Eiscreme und Liebe

Artemio betrat eine Eisdiele und verlangte ein Vanille- und Nußeis. Die Eisverkäuferin, eine schöne, hochgewachsene und strenge Frau, drückte ihm eine Tüte mit Erdbeer- und Zitroneneis in die Hand. Artemio sah die Frau verwundert an, hatte aber nicht den Mut zu protestieren.

Am folgenden Tag erschien er wieder in der Eisdiele und verlangte ein Erdbeer- und Zitroneneis. Die schöne, hochgewachsene und strenge Eisverkäuferin reichte ihm ein Schokoladen- und Pistazieneis. Artemio blickte ihr wortlos in die Augen und entfernte sich mit dem Schokoladen- und Pistazieneis. Er fragte sich, ob die Eisverkäuferin ihn ärgern wollte, oder ob ihr seltsames Verhalten eine weibliche Herausforderung war. Die Eisverkäuferin besaß ein schönes braungebranntes Gesicht, schöne Augen und schöne Ohren. Artemio hatte sie Tag und Nacht vor Augen und fragte sich, ob er vielleicht im Begriff war, sich zu verlieben.

Eine Woche lang setzte Artemio keinen Fuß mehr in die Eisdiele, ging aber stundenlang davor auf und ab. Nach acht Tagen hielt er es jedoch nicht mehr aus und entschloß sich, diesmal etwas zu sagen, zum Beispiel: »Sie sind mir sehr sympathisch.« Nur so, um ein Gespräch zu beginnen. Er ging also in die Eisdiele und verlangte ein Schokoladen- und Pistazieneis. Die schöne Eisverkäuferin drückte ihm eine Tüte mit Mokka- und Vanilleeis in die Hand. Artemio öffnete seinen Mund, um den vorbereiteten Satz auszusprechen, aber es kamen ganz andere Worte heraus. Er sagte:

»Sie sollten besser zuhören.« Dann verließ er die Eisdiele und schlang sein Eis in einem Bissen hinunter.

Am nächsten Tag bereitete Artemio einen anderen Satz vor: »Entschuldigen Sie bitte, daß ich gestern so unhöflich war.« Er betrat die Eisdiele und verlangte ein Mokka- und Vanilleeis. Die schöne Eisverkäuferin gab ihm diesmal ein Bananen- und Ananaseis. Artemio wurde ganz rot und sagte:

»Sie machen sich über mich lustig.« Dann ging er hinaus und schlang auch das Bananen- und Ananaseis in einem Bissen hinunter.

Artemio war wirklich in die Eisverkäuferin verliebt und hämmerte mit den Fäusten gegen seine Stirn, weil er fürchtete, er hätte sie beleidigt. Er entschloß sich, in die Eisdiele zurückzugehen, um es wieder gutzumachen. Diesmal wollte er ihr klar und deutlich sagen: »Ich bin in Sie verliebt.«

Er trat also in die Eisdiele und verlangte ein Bananen- und Ananaseis. Die Eisverkäuferin gab ihm ein Mandel- und Himbeereis. Artemio öffnete den Mund, um ihr seine Liebe zu gestehen, aber auch diesmal kamen völlig andere Worte heraus:

»Sie beherrschen Ihr Handwerk nicht.«

Die Eisverkäuferin verzog keine Miene und bediente andere Kunden. Artemio verließ die Eisdiele in großer Verzweiftung. Von jenem Augenblick an aß er kein Eis mehr und verwarf auch den Plan, die schöne Eisverkäuferin zu heiraten, den er in seinem Herzen gehegt hatte.

Die verdorbenen Ölsardinen

Ein Händler hatte einen Posten Ölsardinen gekauft, die bereits verdorben waren. Daß sie verdorben waren, kümmerte ihn nicht, denn er wollte sie ja nicht selbst essen. Er verkaufte sie einem anderen Händler, der sie kaufte, obwohl er wußte, daß sie verdorben waren, aber auch ihn kümmerte das nicht, denn er wollte sie auch nicht essen.

Der erste Händler hatte bei dem Verkauf gut verdient und auch der zweite verkaufte sie einem anderen Händler weiter und verdiente dabei eine Menge Geld. Der dritte verkaufte sie einem vierten Händler und dieser noch einem fünften. In der Zwischenzeit stiegen die Ölsardinen immer weiter im Preis, weil jeder Händler daran verdienen wollte. Aber keiner verkaufte sie dem Publikum, denn alle waren sehr ehrliche Händler, die nicht im Sinn hatten, die Leute zu vergiften. Im übrigen waren die Sardinen jetzt schon deshalb ungenießbar, weil sie zu teuer geworden waren.

Als ein Händler den Posten Ölsardinen zu einem ungeheuer hohen Preis gekauft hatte, gelang es ihm nicht mehr, sie weiterzuverkaufen, und er mußte seinen Bankrott erklären. So wurden die Ölsardinen ziemlich billig versteigert und Kauf und Verkauf begannen aufs neue – von Händler zu Händler und von Stadt zu Stadt – ohne daß auch nur einer daran gedacht hätte, sie zu essen, denn sie waren ja verdorben. Wie es scheint, ist der Posten Ölsardinen auch heute noch im Umlauf und wird verkauft und gekauft – nicht um die Menschen zu ernähren, sondern um den Handel zu füttern.

Das chinesische Sprichwort

Nicolone ging hinaus und setzte sich ans Ufer des Po um zu warten, daß auf dem Strom die Leiche seines Feindes vorbeischwämme, wie es in einem berühmten chinesischen Sprichwort heißt. Sein schlimmster Feind ging gleichfalls hinaus, um sich ans Ufer desselben Flusses zu setzen, in der Hoffnung, Nicolones Leiche vorbeischwimmen zu sehen, ohne zu wissen, daß Nicolone sich auch am Ufer niedergelassen hatte um zu warten – aber weiter unten, näher zum Meer. Als er es erfuhr, ging er heimlich ein Stück weiter flußabwärts. Doch Nicolone merkte es und zog selbst noch ein Stück näher zum Meer, des Nachts und auf Zehenspitzen, damit der andere es nicht merkte.

Nicolone und sein Feind zogen immer weiter flußabwärts, um stets unterhalb vom anderen zu sein, denn sie wußten, daß Leichen nicht gegen den Strom schwimmen.

Es regnete einen ganzen Monat lang ohne Unterlaß in dichten Schnüren, und die beiden Feinde borgten sich Schirme von den Bauern, die in der Gegend wohnten. Nicolone und sein Feind fuhren fort, sich gegenseitig zu bespitzeln und im Regen meerwärts zu ziehen, tropfnaß vom Scheitel bis zur Sohle. Alle beide haßten sich so fürchterlich, daß sie das Flußufer nicht verlassen wollten, bevor sie nicht einer des anderen Leiche auf dem Strom hätten vorbeischwimmen sehen.

Nach dem Regen kam die Sonne, dann von neuem Regen und Wind. Die beiden Feinde fuhren fort, sich gegenseitig zu bespitzeln und unablässig den Platz zu wechseln, denn einer wollte immer weiter unten sein als der andere. Der Po ist ein langer Fluß, und die beiden Feinde durchwanderten tiefe Täler, dann ein hügeliges Gebiet und schließlich eine endlose Ebene, immer weiter in Richtung zum Meer. Sie hatten begriffen, daß das chinesische Sprichwort Ausdauer und Geduld im Hassen lehrt, und sie haßten sich mit Ausdauer und Geduld. In der Zwischenzeit fuhren sie fort, einander zu überwachen und zu überlisten.

Nach einem Monat des Abwärtswanderns befanden sie sich an der Mündung des Flusses am Ufer des Meers. Einer stand auf der einen, der andere auf der anderen Seite, und sie kamen nicht weiter, denn sie konnten nicht schwimmen. Die Gegend war ganz schilfig und der Boden voll Morast. Sie waren wirklich nahe daran, den Mut zu verlieren, als plötzlich eine hohe Sturzwelle kam und sie mitsamt den Schirmen in ihre wirbelnden Strudel hinabriß. Natürlich ertranken sie.

Die Leichen der beiden Feinde schwammen auf dem trüben zuckenden Wasser, und so hatte keiner von beiden die Genugtuung, das chinesische Sprichwort verwirklicht zu sehen.

Als Nicolones Frau und die Frau seines Feindes erfuhren was geschehen war, sagten sie, chinesische Sprichwörter würden in Italien nicht gelten, nur in China und nur für Chinesen.

Der vermietete Eselsschwanz

Das Dorf, in dem Gigione wohnte, war in zwei Teile geteilt, ein Oberdorf und ein Unterdorf, wie zwei getrennte Dörfer. Diejenigen, die ins Oberdorf wollten, mußten einen sehr steilen Weg erklimmen, was Gigione eines Tages auf den Gedanken brachte, den Schwanz seines Esels zu vermieten. Er stellte sich jeden Morgen ans untere Ende des Anstiegs und vermietete denen, die ihm hundert Lire gaben, den Schwanz seines Esels, um sich vom Unterdorf ins Oberdorf ziehen zu lassen.

Gigione machte gute Geschäfte und verdiente viele Hundertlirestücke mit dem Schwanz seines Esels. Das Tier zog die Leute von früh bis spät geduldig den Berg hinauf und stieg dann wieder hinunter, um von vorne anzufangen. Aber es gefiel ihm nicht, mit seinem Schwanz zu arbeiten.

Eines Tages gab Gigiones Esel einem zwei Zentner schweren Mann einen Tritt in den Bauch, so daß er auf den Rücken fiel. An einem anderen Tag machte er einen Schritt rückwärts und trat einem anderen Kunden Gigiones auf den linken Fuß. Es ist nicht gerecht, sagte sich der Esel, daß ich mich so anstrengen soll, um diese bequemen Leute, diese faulen Säcke da hinaufzuziehen. Was denken sie sich denn? Halten sie mich für einen Esel? So kam es, daß Gigione aufhören mußte, den Schwanz seines Esels zu vermieten, der sich für etwas Besseres hielt.

Das aufgezehrte Panorama

Der Himmel war klar und sauber, aber durch die Fernrohre auf dem Gianicolo erschien das römische Panorama matt und verschwommen. Die ersten Beschwerden kamen von gewissen schweizer Touristen, die sich beklagten, ihre Hundertlirestücke für schlecht funktionierende Apparate vergeudet zu haben. Die Gemeinde schickte einen Fachmann hinauf und ließ die Linsen auswechseln, die womöglich vom langen Draußensein dort oben im Laufe der Zeit trüb geworden waren. Aber die Beschwerdebriefe trafen weiterhin ein und es kamen auch viele Anrufe.

Die Gemeinde schickte einen anderen Fachmann hinauf, um die Fernrohre zu prüfen. Dabei stellte sich eine befremdliche Tatsache heraus: Das Panorama des Gianicolo war nicht nur durch die Fernrohre hindurch unscharf, sondern auch fürs bloße Auge. An diesem Punkt erklärte sich die Gemeinde für nicht mehr zuständig, aber die Touristen beklagten sich weiter, schriftlich und telefonisch. Wenn sie lange die Landschaft der Dächer betrachtet hatten, aus denen die Kuppeln der römischen Kirchen und das weiße Denkmal der Piazza Venezia herausragten, mußten viele von ihnen zum Augenarzt, und einige begannen, Brillen zu tragen.

Man ließ eine Panoramologin von der Universität in Minneapolis/Minnesota kommen. Die Wissenschaftlerin blickte zu verschiedenen Zeiten über das Mäuerchen des Gianicolo – im Morgengrauen, bei Sonnenaufgang, um die Mittagszeit, bei Sonnenuntergang und sogar bei Nacht. Endlich schrieb sie einen langen Bericht über die Verteilung des Wasserstoffs in der Photosphäre, über die Brechung der Lichtstrahlen, über die Verschmutzung der Luft durch Kohlendioxyd und schließlich über die Ausdünstungen der exotischen Pflanzen im Botanischen Garten unterhalb des Aussichtspunkts – aber einen Vorschlag zur Abhilfe brachte sie nicht.

Ein Amtsdiener der Gemeinde, der in der Nähe des Gianicolo wohnte und von dem Problem Kenntnis bekommen hatte, schrieb dem Bürgermeister einen Brief, um ihm seine Theorie darzulegen. Seiner Meinung nach wurde das römische Panorama durch die ständige Betrachtung der Touristen allmählich verzehrt, und würde sogar – wenn man keine Gegenmaßnahmen träfe – schließlich völlig aufgezehrt werden. In einer Fußnote am Ende des Briefs fügte der Amtsdiener noch hinzu, daß das gleiche Phänomen beim Abendmahl von Leonardo und bei anderen Meisterwerken der Malerei aufgetreten sei. In einer zweiten Fußnote betonte er zur Erhärtung seiner These die Tatsache, daß das Panorama im Frühling und im Sommer – also während der Zeit des großen Touristenansturms – sich augenfällig verschlechterte, während im Winter, wenn nur ganz wenige Touristen kamen, keine Verschlechterungen zu bemerken wären, es im Gegenteil fast den Anschein hätte, als gewänne das Panorama während dieser Zeit langsam seine traditionelle Klarheit zurück.

Andere sachkundige Panoramaforscher machten Woche um Woche Fotographien auf dem Gianicolo, und auch diese schienen die These des Amtsdieners zu bestätigen. Die Wahrheit, so seltsam sie schien, lag nunmehr klar und deutlich zutage: das Panorama von

Rom wurde von den Blicken der Touristen verzehrt, ein feiner Aussatz zerfraß langsam das Bild der sogenannten Ewigen Stadt.

Das Presseamt der Gemeindeverwaltung gab Artikel in Auftrag, in denen die Journalisten versuchen sollten, sich zur Entmutigung der Touristen ganz allgemein über das Panorama, d. h. über den Begriff des Panoramas lustig zu machen. Einige davon erschienen mit Titeln wie: *Hütet euch vor dem Panorama!* oder *Die Banalität des Panoramas*. Andere, polemischere, trugen Überschriften wie: *Wir pfeifen aufs Panorama! Schafft das Panorama ab! Vom Panorama allein kann man nicht leben*. Ein berühmter Semiologe schrieb einen langen Aufsatz mit dem Titel *Panorama – die Katastrophe einer Botschaft*. Einige Journalisten ließen sich zu ebenso boshaften wie billigen Vermutungen hinreißen und schrieben – je nach persönlicher Laune oder Antipathie oder im Einvernehmen mit den Zeitungen, in denen ihr Artikel erschien – jeweils den japanischen oder den amerikanischen oder deutschen Touristen die größte korrosive Wirkung zu. Das führte zu verschiedenen Polemiken, die einiges Aufsehen erregten und gewiß nicht der Sache dienten, welche die Artikel vertraten. Tatsächlich führte diese ganze Publizität – so negativ sie gemeint war – am Ende zu einer Vermehrung der Touristen, die den Gianicolo bevölkerten.

Dem Rat eines Experten folgend, den man aus China hatte kommen lassen, ließ die Gemeinde von Rom unter der Mauer des Gianicolo in aller Stille eine schöne Reihe junger Zypressen pflanzen, so daß nach einigen Jahren das Panorama hinter einer dichten immergrünen Wand verschwände.

Sightseeing in Rom

Die Fremdenführerin erklärte den schweizer Touristen, die nach Rom gekommen waren, um die Stadt zu besichtigen, daß das Straßennetz im antiken Rom etwa vier Meter tiefer gelegen hätte als dasjenige, auf dem die Menschen heute gehen und die Autos fahren. Die schweizer Touristen wollten das nicht glauben und fragten, wieso der Boden, statt vom ständigen Draufherumlaufen abzunehmen, um vier Meter steigen konnte. Die Fremdenführerin erklärte ihnen, daß das Straßenniveau jetzt deshalb höher sei, weil im Laufe der Jahrhunderte Mauerreste, Menschenspucke, Zigarettenkippen, Altpapier, Flaschenscherben, Orangenschalen, Kirschkerne, Trambahnscheine, Steichholzschachteln, Hundekot und Katzenscheiße auf den Boden gefallen wären.

Die schweizer Touristen wollten das nicht glauben. Sie waren entsetzt und sagten alle zusammen, daß so etwas in der Schweiz nie vorkommen könnte, weil bei ihnen nie jemand etwas auf den Boden würfe, und weil sie einfach wüßten, wie man eine Stadt sauber hält.

»Wir Römer sind vielleicht große Schweine«, sagte die Fremdenführerin, die eine Römerin war und sich gekränkt fühlte, »aber wir haben Rom gebaut – und ihr?«

Eßwaren

Zwei Hühner hatten den Zoologischen Garten besucht und waren sehr erstaunt, dort keinen Käfig mit Würmern zu finden.

»Und das soll ein Zoologischer Garten sein?« fragten sie sich entrüstet.

Sie hatten die Löwen und Leoparden in ihren Käfigen und die Giraffen und die Nilpferde gesehen, sie hatten das Schlangenhaus und die Volieren mit den Adlern und den anderen Vögeln gesehen – aber von Würmern keine Spur.

»Vermutlich gehören die Würmer nicht zur Kategorie der Tiere«, sagten sich die beiden Hühner, »aber zu welcher Kategorie gehören sie dann?«

Sie dachten lange über das Problem nach und kamen endlich zu dem Schluß, daß die Würmer zur Kategorie der Eßwaren gehören, genau wie die Spaghetti.

Während die beiden Hühner den Zoo durch das große Gittertor verließen, sahen sie sich entgeistert an: ihnen war aufgegangen, daß es in diesem Zoo auch keine Hühner gab.

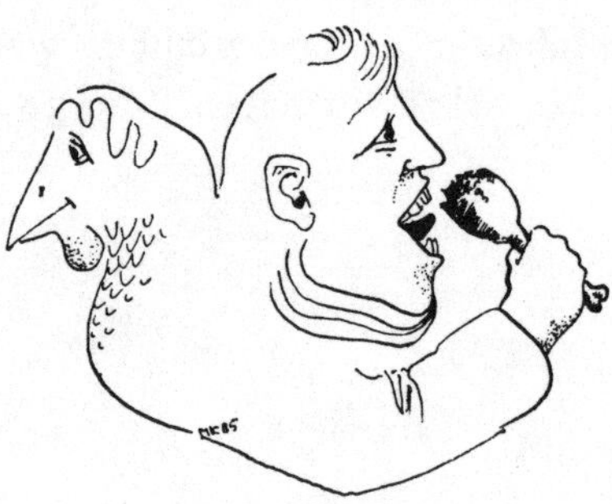

Die Hypotenuse des Elefanten

Gasperino war der Erste seiner Klasse, er war hervorragend in Geschichte, Italienisch, Gymnastik und Geographie, aber vor allem war er ein Aß in Geometrie. So konnte er die Quadratur des Kreises, die Fläche der Geraden, den Umfang der Kugel und die Quadratwurzel des Semikolons errechnen. Als seine Eltern eines Tages mit ihm den Zoologischen Garten besuchten, setzte Gasperino es sich in den Kopf, die Hypotenuse des Elefanten zu errechnen. Die Eltern waren sehr stolz auf ihr Kind und versprachen ihm für den Fall des Gelingens eine dodekaederförmige Torte.

Gasperino schloß sich in seine Kammer ein und begann mit Zirkel und Lineal zu arbeiten. Er füllte ganze Seiten mit Zahlen und Linien, doch er merkte bald, daß er diesmal auf ein außergewöhnlich schwieriges Vorhaben gestoßen war. »Nur Mut, Gasperino«, sagten seine Eltern, und auch die Freunde der Eltern kamen von Zeit zu Zeit um ihn zu ermutigen, denn wenn es ihm gelänge die Hypotenuse des Elefanten zu finden, dann würden alle Zeitungen davon berichten.

Es verging ein Jahr, es vergingen zwei Jahre und dann noch viele weitere Jahre. Gasperino blieb in seiner Kammer eingeschlossen und stellte Rechnung über Rechnung an. Er ging nicht mehr zur Schule und widmete sein ganzes Leben dieser Aufgabe und ihrer Lösung, die ihn berühmt machen sollte. Seine Eltern warteten weiterhin mit Zuversicht, aber in der Zwischenzeit wurden sie alt. Gasperino wuchs zum Jüngling und dann zum Mann heran und bekam seine ersten grauen Haare, ohne daß es ihm gelang, die Hypotenuse jenes Tiers zu finden, das er nicht einmal mehr beim Namen nennen mochte. Noch heute verbringt Gasperone viele Stunden des Tages in seiner Kammer, um mit vom Alter zittriger Hand Rechnung über Rechnung anzustellen, und wenn jemand ihn fragt, was er da tut, dann antwortet er, daß er den Elefanten der Hypotenuse errechne.

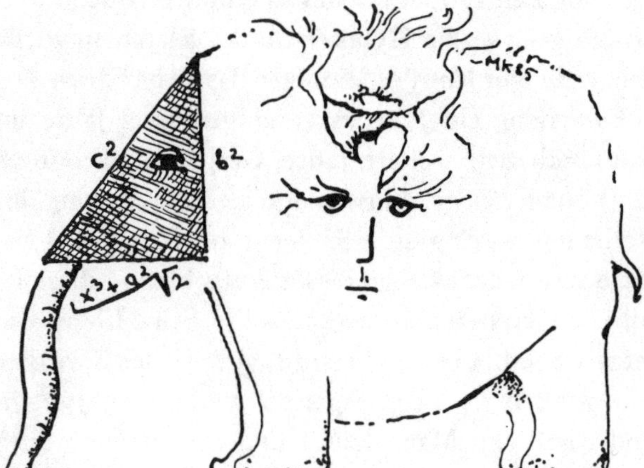

Fünf Fliegen

Sie waren fünf Fliegen. Die erste Fliege war froh, die erste zu sein – die Glückliche.

»Ich meinerseits bin gegen Hierarchien«, sagte die Zweite, »sie verderben die Beziehungen. Man braucht nur zu sehen, wie es unter den Menschen und unter den Ameisen zugeht.« Indes war sie damit zufrieden, die Zweite zu sein.

Die Dritte war etwas weniger zufrieden, Dritte zu sein.

»Warum müssen wir überhaupt eine Reihe bilden«, sagte sie, »wozu brauchen wir denn eine Rangordnung? Jede von uns ist Erste, keine ist Zweite oder Dritte.«

Die erste Fliege war nicht damit einverstanden und auch die zweite äußerte einige Bedenken.

»Wenn man einmal eine Ordnung festgesetzt hat, muß man sie auch respektieren. Seht euch die Menschen und die Ameisen an«, sagte die Erste, »alles Hierarchien.«

»Schönes Beispiel!« empörten sich die Zweite, die Dritte, die Vierte und die Fünfte.

Die Vierte sagte, sie würde gern einmal einen Tag lang Erste sein, aber die Erste sagte, daß sie ihr den Platz nicht überlassen würde, weil sie sicher sei, ihn nicht von ihr zurückzubekommen.

Die Fünfte sagte, es würde ihr genügen, zwei Tage lang den Platz der Zweiten einzunehmen, doch die Zweite war nicht bereit, auch nur eine Minute lang Fünfte zu sein.

Die fünf Fliegen begannen zu streiten und sich gegenseitig die Fühler und Rüssel auszureißen.

»Auch die Menschen streiten und reißen sich die Rüssel aus«, sagte die Fünfte zur Ersten, welche die Gruppe nicht auflösen wollte, um ihren Posten nicht zu verlieren.

Am Ende des Streits waren alle fünf Fliegen übel zugerichtet und jede ging ihren eigenen Weg, so daß jede die Genugtuung hatte, Erste zu sein. Aber nach einer kurzen Weile waren sie alle ganz mager vor Melancholie.

Die Schnecken

Die Schnecken sind sehr mißtrauische Tiere. Sie ertragen es nicht, wenn andere Tiere – Menschen inbegriffen – ihnen nachspüren. Wenn ein Mensch sich nähert, zieht die Schnecke zuerst ihre Hörner ein und versteckt sich dann ganz in ihrem Schneckenhaus und wartet, bis der Eindringling wieder geht.

Aristodemone wollte ein Buch über das Leben der Schnecken schreiben, wie Fabre eins über das Leben der Bienen geschrieben hat. Um das zu tun, mußte er die Schnecken lange Zeit hindurch aus der Nähe beobachten – wahrscheinlich jahrelang. Aber ein Wissenschaftler schreckt vor solchen Schwierigkeiten nicht zurück.

Aristodemone hatte versucht, sich hinter einem Busch zu verstecken, dann hatte er sich selbst als Busch getarnt, indem er belaubte Zweige auf seinen Kopf und seine Schultern legte – aber die Schnecken hatten es sofort gemerkt. Schließlich kam er auf eine Idee, die ihm erleuchtend schien wie ein Stern am klaren Firmament: um die Schnecken zu beobachten, mußte er sich als Schnecke verkleiden.

Aristodemone ließ ein Gehäuse aus Papiermaché anfertigen, das genauso aussah wie ein Schneckenhaus, nur in groß. Er ließ sich auch ein Gummimaul machen und zwei Hörner, die ein- und ausziehbar waren, genau wie bei den Schnecken. Es gelang ihm auch, einen silbrig glänzenden Lack zu finden, den er beim Gehen auf den Boden strich und der dem von den Schnecken abgesonderten Schleim sehr ähnlich sah.

Jeden Morgen bevor er in den Garten hinausging um die Schnecken zu beobachten mußte Aristodemone über eine Stunde an seiner Verkleidung arbeiten. Zum Mittagessen kam er immer nach Hause, und um nicht zuviel Zeit zu verlieren, setzte er sich oft mit seiner Frau zu Tisch, ohne das Schneckenhaus abzunehmen. Die ersten Male fand seine Frau es lustig, mit einem als Schnecke verkleideten Mann am Tisch zu sitzen, aber als Aristodemone beschloß, sein Kostüm auch abends vor dem Zubettgehen nicht mehr auszuziehen, begann sie zu schimpfen.

»Ich habe doch keine Schnecke geheiratet«, sagte sie.

Der Wissenschaftler schüttelte seinen Gummikopf, zog die Hörner ein und begann zu schnarchen.

An einem bestimmten Punkt verlangte Aristodemone von seiner Frau, sie solle ihm künftig statt des üblichen gegrillten Steaks bestimmte kleine Würmer, die man zwischen den Baumrinden findet, in der Pfanne braten. Seine Frau bereitete ihm dieses Geröste, aber als Aristodemone darauf bestand, daß sie davon koste, protestierte sie lauthals. Schließlich stahl sie sich verzweifelt zur Türe hinaus und lief von zuhause weg.

Aristodemone fuhr fort als Schnecke verkleidet die Schnecken zu studieren. Darüber vergingen Jahre, aber das Buch über die Schnecken hat er nie geschrieben. In der Tat hat man nie von einer Schnecke gehört, die ein Buch über das Leben der Schnecken schriebe.

Schimpfwörter

Ottorino hatte die schlechte Angewohnheit, Schimpfwörter zu sagen. Er sagte sie bei Tisch, auf der Straße, in der Schule, morgens, nachmittags, abends, bei Regen, bei Sonne, am Meer, in den Bergen – und einmal ist ihm sogar in der Kirche eins entschlüpft, während der Priester die Messe las. Immer wenn Ottorino ein neues Schimpfwort kennen lernte, schrieb er es in ein kleines Heft, um es nicht zu vergessen. Ich sammle sie, erklärte er seiner Mutter. Die anderen Kinder sammelten Abziehbildchen oder Briefmarken und er sammelte Schimpfwörter.

Ottorino war ein gutes, freundliches und fleißiges Kind. Er lernte eifrig Geometrie, Arithmetik, Geschichte und Geographie. Aber hie und da, zwischen einem rechten Winkel und einem Segment, schob er ein Schimpfwort ein. Oder er setzte eins zwischen Napoleon und Cavour, oder einfach mitten in die Poebene, oder auf den Gipfel des Monte Rosa, der bekanntlich der rosaste Berg von Europa ist. Die Lehrer in der Schule ließen seine Mutter kommen und sagten, es könne so nicht weitergehen. Eines Tages hatte Ottorino gar am Ende des Weihnachtsgedichts ein Schimpfwort gesagt.

Ottorinos Mama hatte es gründlich satt. Du bist ein Schmutzfink, schalt sie ihn. Aber da fing das Kind an, auch noch nachts im Schlaf Schimpfwörter zu sagen. Ottorinos Mama überlegte, daß Wörter sich ja im Mund formen, und weil sich in Ottorinos Mund so viele schmutzige Wörter formten, beschloß sie, ihn auszuwaschen. Sie wusch ihm den Mund mit Kernseife.

Zuerst füllte sie den ganzen Mund mit Seifenschaum, dann schrubbte sie ihn und spülte ihn gründlich aus, und Ottorino heulte, und heulend schluckte er auch ein wenig Seifenschaum herunter. Am Schluß aber war der Mund blitzsauber.

Von diesem Tag an sagte Ottorino keine schmutzigen Wörter mehr, aber er sagte auch die sauberen nicht mehr, er sagte gar nichts mehr, er sprach nicht mehr.

– »Sprich doch, Ottorino, sag doch was« – flehte ihn seine Mutter verzweifelt an.

Aber das Kind schwieg und hörte nicht mehr auf zu schweigen, bei Tag und bei Nacht.

Die arme Frau bereute es bitter, daß sie seinen Mund mit Seife gewaschen hatte und fütterte ihn mit Bonbons, Eis und süßen Speisen. Aber alles war umsonst. Sie erzählte ihm Märchen um ihn zu unterhalten, aber Ottorino ließ sich unterhalten und fuhr fort zu schweigen.

Eines Abends vor dem Schlafengehen nahm Ottorinos Mutter das kleine Heft mit den Schimpfwörtern zur Hand und begann ihm daraus vorzulesen. Viele Abende hintereinander las sie ihm die Schimpfwörter aus dem kleinen Heft vor und hörte immer erst auf, wenn Ottorino eingeschlafen war.

Endlich, eines Abends, als ihm vor Müdigkeit die Augen zufielen, öffnete das Kind den Mund und sagte »Scheiße«. Seine Mutter weinte vor Freude und rief am nächsten Tag alle Freunde und Verwandten zusammen, und sie feierten, daß Ottorino wieder sprach.

Der Schatten in Form eines Pferdes

Prosperone war Jockey beim Pferderennen. Eines Tages brach er sich ein Bein und wurde entlassen. Da er kein Geld hatte, um sich ein Pferd zu kaufen, lief er zu Fuß herum und hinkte.

Prosperone wohnte in einer Hütte am Stadtrand von Rom und besaß auch einen Garten, in dem er Hafer und Rüben für ein Pferd hätte anbauen können. Kurz und gut, der Ex-Jockey träumte weiterhin davon, ein Pferd zu haben – auch weil er keine Frau hatte. Mit einem Hinkebein wie ihm wollten die Mädchen nicht ausgehen, und heiraten wollten sie ihn schon gar nicht. Der arme Prosperone – er war wirklich bedauernswert.

Eines Tages, als er in der Sonne spazierenging, sah er, daß sein Schatten die Form eines Pferdes hatte. Prosperone erschrak. Er fürchtete, einen Sonnenstich bekommen zu haben und verrückt geworden zu sein. Es geschieht häufig und es steht auch in der Zeitung, daß jemand wegen eines Sonnenstichs verrückt wird und Halluzinationen hat oder sich aller Kleider entledigt und nackt herumläuft, bis die Polizei kommt und ihn in die psychiatrische Klinik bringt. Aber das war nicht sein Fall, und sich auszuziehen kam ihm schon gar nicht in den Sinn, obwohl es sehr heiß war. Er schaute noch einmal nach seinem Schatten und sah, daß er noch immer wie ein Pferd geformt war mit seinen vier Beinen, dem langen Kopf und dem schlanken Körper. Wahrhaftig eine seltsame Sache. Er versuchte, seine Schritte zu beschleunigen, aber der Schatten folgte ihm beharrlich, d. h. er blieb an seiner Seite.

Doch während er selbst hinkte, schritt der pferdeförmige Schatten in makellosem Gang auf allen vier Beinen und stampfte dabei mit den Hufen.

Eine zeitlang tat Prosperone, als wäre alles wie immer. Er machte seine täglichen Spaziergänge in der Sonne, warf hie und da einen zerstreuten Blick auf seinen Pferdeschatten und setzte seinen Weg fort, als ob nichts wäre. Die Menschen gingen an ihm vorbei und merkten nichts von diesem seltsamen Phänomen. Umso besser, dachte Prosperone, der sich allmählich an seinen Schatten gewöhnte und anfing, ihn zu lieben wie ein wirkliches Rassepferd. Er gab ihm auch einen Namen und nannte ihn Sonne nach einem Pferd, mit dem er einmal beim Rennen von Capannelle den ersten Preis gewonnen hatte. Bei dem Gedanken, daß er ausgerechnet einem Schatten den Namen Sonne gab, mußte er lachen.

Eines morgens machte Prosperone in aller Frühe seinen üblichen Gang über die Wiesen. Das Gras glänzte vom Tau, die Sonne war klar und die Luft noch frisch. Es schien ihm, als neige der Schatten den Kopf, um Gras zu fressen, und es schien ihm auch, als zeige er Zeichen von Ungeduld und versuche dann und wann ein paar Schritte im Trott. Trotz seines lahmen Beins versuchte auch Prosperone ein paar schnellere Schritte und sah, daß der Schatten sofort in den Trott überging. An einem bestimmten Punkt konnte der Ex-Jockey nicht widerstehen: er schwang sich auf den Rücken seines Schattens und begann über die Wiese zu reiten, in eine Richtung, die ihn weit weg führte von Rom, weit weg von seiner Hütte am Stadtrand.

Jemand erzählte, er habe einen Mann auf einem Pferd im Galopp über die Hügel reiten sehen. Prosperone ist seit jenem Tag nicht mehr nach Hause zurückgekehrt, und keiner von denen, die ihn kannten, hat ihn jemals wieder gesehen.

Fanfandrotti und sein Schatten

Fanfandrotti war der reichste Mann in der ganzen Stadt. Er war durch den Müll reich geworden und wurde deshalb der Müllkönig genannt. Man nannte ihn aber auch König der Winkelzüge, die ja genau wie der Müll eine Ware sind, mit der man manche blanke und klingende Münze verdienen kann. Fanfandrotti war es gelungen, von der Gemeindeverwaltung seiner Stadt viele Millionen für die Sauberhaltung der Straßen und Plätze zu bekommen, aber er steckte fast alles Geld in seine eigene Tasche und die Stadt war deshalb ungemein verschmutzt, außer am Corso, wo er selbst wohnte und täglich seinen Spaziergang machte.

Niemand wagte es, sich über den Schmutz auf den Straßen und Plätzen zu beklagen, denn es hieß, Fanfandrotti habe mächtige Gönner in Rom. Wer das wohl ist, der ihn unterstützt, sagten die Leute, jedenfalls müssen es hohe Tiere sein, wenn er die ganzen Millionen einstecken kann, ohne etwas dafür zu tun. Fanfandrotti wußte, daß er viele Feinde hatte, und wenn er spazieren ging, mußten zwei bewaffnete Leibwächter vor ihm und zwei bewaffnete Leibwächter hinter ihm hergehen, um ihn zu beschützen.

Nun gab es da einen Arbeitslosen, der auf eine Anstellung als Straßenkehrer in Fanfandrottis Unternehmen hoffte. Man hatte ihn jedoch abgewiesen, weil er sich nicht in dessen Partei einschreiben wollte. Zu Hause bei diesem Arbeitslosen gab es sehr wenig zu essen – jeden Tag weniger – und sein Zorn wuchs mit dem Hunger. Deshalb entschloß er sich eines Tages,

Fanfandrotti während seines Spaziergangs auf dem Corso entgegenzutreten und ihm eine Ohrfeige zu geben, aber alle rieten ihm davon ab, weil die beiden Leibwächter, die vor ihm hergingen, ihn bestimmt umbringen würden. Da beschloß der Arbeitslose, sich Fanfandrotti von hinten zu nähern und ihm einen Tritt in den Hintern zu geben, aber auch diesmal rieten ihm alle ab, da ihn in diesem Fall die beiden hinterhergehenden Leibwächter umbringen würden.

Eines Tages als Fanfandrotti eingerahmt von seinen Leibwächtern auf dem Corso spazierenging, kam Filipetto, der Sohn des Arbeitslosen des Wegs. Filipetto war ein ganz mageres kleines Bürschchen und genau wie sein Vater unentwegt zornig vor lauter Hunger. Das Bürschchen näherte sich unauffällig Fanfandrottis Schatten und begann, ihm Tritte zu versetzen und mit beiden Füßen darauf herumzutrampeln. Die Leute ringsherum lachten, Fanfandrotti schämte sich, und die Leibwächter wußten nicht, was sie tun sollten, denn sie konnten ja nicht auf ein kleines Bürschchen schießen, nur weil es auf dem Schatten ihres Brotherrn herumtrampelte.

Filipetto faßte Mut und näherte sich dem Kopf des Schattens – also dem Schatten von Fanfandrottis Kopf – und spuckte darauf. Die Leute freuten sich immer mehr, und das Bürschchen fuhr fort, ihn zu treten und anzuspucken. Fanfandrotti versuchte, durch schnelle Bewegungen und ruckartige Schritte dem Treten und Spucken des Bürschchens auszuweichen, aber das reizte die Leute nur noch mehr zum Lachen. Endlich erreichte er sein Haustor und ging eilig hinein.

Seit jenem Tag hat Fanfandrotti noch ein paarmal versucht, auf dem Corso spazierenzugehen, aber Filipetto war immer zur Stelle, um auf seinem Schatten herumzutrampeln und ihn anzuspucken, und die Leute waren zur Stelle, um zu lachen. Schließlich mußte Fanfandrotti sich damit abfinden, bei schönem Wetter zu Hause zu bleiben und nur auszugehen, wenn der Himmel mit Wolken bedeckt war oder wenn es regnete.

Spinnenspucke

Wenn die Spinne das schafft, sagte Alessandrone, dann schaffe ich das auch. Das wäre ja gelacht. Die Spinne ist ein Tier, d.h. ein Insekt, und ich bin ich, d.h. ein Mann.

Was macht eine Spinne denn schon? Eine Spinnenwebe, sonst nichts. Und wie macht sie sie? Mit Spucke. Und wozu dient die Spinnenwebe? Jedenfalls nicht, um Bettücher Handtücher Kissenbezüge Hemden und ähnliches daraus zu machen. Die Spinnwebe dient lediglich dazu, Fliegen zu fangen, d.h. der Spinne, die ein Insekt ist, ein anderes Insekt zum Fressen zu verschaffen. Die Spinne frißt nämlich Fliegen. Der Mensch frißt keine Fliegen, außer manchmal, wenn sie ihm in den Suppenteller fallen.

Allerdings ist die Spinne sehr geschickt, wenn sie mit Spucke ihr Netz, d.h. ihr Spinnennetz macht. Die Spinnenspucke ist ein langer dünner Faden, aber sehr robust, so daß die Spinne sich mit ihrem ganzen Körper daran festhalten und ins Leere hinablassen kann, und dann kann sie sich von Ast zu Ast schwingen wenn sie auf einem Baum ist, von Wand zu Wand wenn sie in einem Haus ist, von Kohl zu Kohl wenn sie in einem Gemüsegarten ist und vom Regen in die Traufe wenn sie auf Weltreise ist.

Die Menschen ekeln sich vor den Spinnen, besonders die Frauen. Nur die Bauern lassen sie im Stall ihre Netze spinnen, weil dann die Fliegen darin landen und ihre Kühe nicht mehr belästigen.

Alessandrone kletterte auf einen Baum. Was die Spinne kann, das kann ich auch und besser. Das wäre ja gelacht. Ich bin ein Mann, ich habe einen Vornamen und einen Nachnamen, ich habe einen aufrechten Gang und trage den Kopf oben. Außerdem habe ich das Denken und das Fernsehen und viele andere Dinge, die die Spinne nicht hat.

Alessandrone sammelte Spucke auf der Zunge, suchte sich einen starken Ast aus und spuckte darauf. Dann sprang er hinunter und dachte, er würde an seiner Spucke hängenbleiben wie er es bei der Spinne gesehen hatte. Stattdessen fiel er hart auf den Boden und verstauchte sich den Hals, eine Schulter, ein Knie, einen Ellbogen, ein Handgelenk, vier Finger an der linken Hand und zwei Zehen am rechten Fuß.

Nicht in der Kurve niesen!

Hinter der Brücke von Kaltental lief die asphaltierte Straße in einer ausgedehnten Kurve mehrere hundert Meter an einer Felswand entlang. Wegen der großen Anzahl von Unfällen, die dort passierten, war diese Kurve von den Autofahrern die Todeskurve getauft worden. Allerdings gibt es solche »Todeskurven« in Italien und anderswo fast überall, aber diese war die berühmteste und gefährlichste und war auch von den Ingenieuren des Automobilministeriums untersucht worden – freilich ohne Resultat.

Der Verkehrspolizist Pelliccione hatte sich in den Kopf gesetzt herauszufinden, warum gerade auf diesem Straßenabschnitt, der seiner Aufsicht unterstand, so viele Unfälle passierten. Weil zu schnell gefahren wird, sagte ein Kollege. Weil die Autofahrer zerstreut sind, sagte ein anderer. Weil sie betrunken sind, weil sie das Steuer nicht festhalten, weil sie beim Fahren Zeitung lesen, weil sie sich Zigaretten anzünden, weil sie Orangen schälen, weil sie Nüsse essen, weil sie ihre Verlobte küssen ...

Pelliccione stellte sich Tag für Tag an die Kurve, um sie genau in Augenschein zu nehmen, aber es handelte sich tatsächlich um eine ganz normale Kurve: sie war weder zu weit noch zu eng, der Asphalt war weder zu glatt noch zu rauh, auch die Sichtweite war normal, und normal war auch der Felsen, an dem die Autos ab und zu zerschellten.

Pelliccione war indes aufgefallen, daß fast alle Unfälle bei Autos passierten, die von der Kaltentaler

Brücke kamen, und nicht bei solchen aus der Gegenrichtung. Kaltental hieß so, weil es auch im Sommer von eisigen Winden durchzogen wurde, aber Pelliccione wäre gewiß nicht auf die Idee gekommen, dieses atmosphärische Phänomen mit den Verkehrsunfällen in Verbindung zu bringen.

Eines Tages als Pelliccione wieder an der Kurve stand und mit Argusaugen die vorbeikommenden Fahrzeuge beobachtete, hörte er plötzlich aus dem Inneren eines alten zitronengelben Autos ein mächtiges Niesen und sah, wie das Auto ins Schleudern geriet und den Felsen streifte. Zum Glück gelang es dem Fahrer, das Auto wieder in seine Gewalt zu bekommen und die Katastrophe zu vermeiden. Der Polizist, der sehr scharfsichtig war, suchte die Schuld nicht in der zitronengelben Farbe des Autos, sondern beschloß, in Zukunft mehr die Ohren offen zu halten als die Augen. Er bemerkte, daß mindestens die Hälfte der Autofahrer, die von der Brücke herkamen, beim Einfahren in die Kurve einmal, in manchen Fällen auch zweimal niesten. Und bei jedem Niesen machten die Autos einen gefährlichen Schlenker. Pelliccione verband den kalten Wind auf der Brücke mit dem Niesen, das Niesen mit dem Schleudern, und das Schleudern mit den Unfällen. Ein Niesen auf gerader Strecke wird schwerlich einen Unfall verursachen, überlegte er, aber das Niesen in einer Kurve ist äußerst gefährlich.

Der Polizist mußte sich sehr anstrengen, bis er seinen Vorgesetzten endlich davon überzeugte, daß der wahre Schuldige bei fast allen Unfällen, die sich auf seinem Straßenabschnitt ereigneten, das Niesen in der Kurve wäre. Man mußte also unverzüglich ein Verkehrsschild entwerfen, das – vor der Kurve aufgestellt –

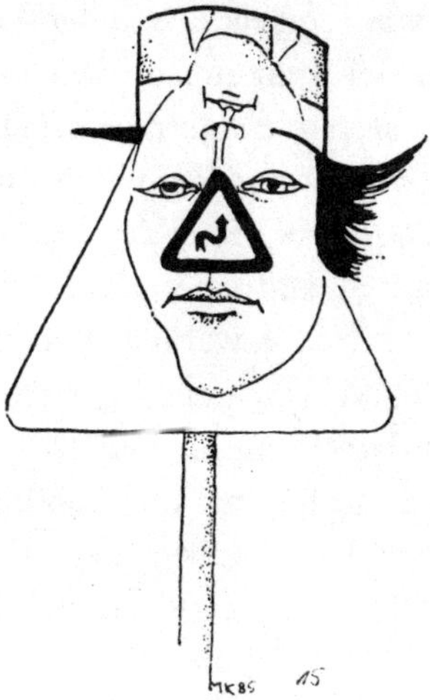

die Autofahrer warnen sollte. Der Vorgesetzte schlug als Text vor: »Niesen in der Kurve verboten«, aber Pelliccione machte ihn schüchtern darauf aufmerksam, daß ein derartiges Verbot leicht als Einschränkung der demokratischen Freiheit verstanden werden könnte. Auch wenn das Niesen in der Kurve sich als tödlich erwiesen hatte, war es zweckmäßiger, einfach davon abzuraten, statt es zu verbieten – nicht zuletzt um bei den durchfahrenden Touristen keinen schlechten Eindruck zu machen und vor allem beim Automobilministerium, das den Text genehmigen mußte. Man setzte einen neuen Text auf mit dem Wortlaut »Es wird davon abgeraten, in der Kurve zu niesen«. Doch wem wurde abgeraten? Allen? Auch denen, die nicht am Steuer sitzen? Man muß genauer sein, sagte Pelliccione. Der Vorgesetzte schlug also einen genaueren Text vor mit dem Wortlaut: »Den Autofahrern wird davon abgeraten zu niesen während sie sich in der Kurve befinden.« Aber jetzt war der Text zu lang. Nach vielem Hin und Her schrieben sie als endgültige Fassung, die sie zur Genehmigung an das Automobilministerium schickten, den einfachen Satz »Nicht in der Kurve niesen« – mit Ausrufungszeichen und einer Zeichnung, auf der ein Mann das Steuer losläßt, während er niest.

Der Text des Warnschilds, begleitet von einem Bericht, der von dem Verkehrspolizisten Pelliccione unterzeichnet war, schlug im Automobilministerium wie eine Bombe ein. Der Minister ließ sofort eine großangelegte Untersuchung einleiten, bei der sich herausstellte, daß viele Unfälle, die sonst unaufgeklärt geblieben wären, wahrscheinlich in die neue Theorie des Niesens in der Kurve paßten. Der Polizist Pelliccione erhielt eine hohe Beförderung und wurde ins Automobilministerium berufen – als Leiter der Kommission für alle Kurven Italiens.

Der Alte und sein Stock

Im Laufe der Jahre war Carlone sehr alt geworden und vor lauter Alter zitterten ihm die Beine. Deshalb ging er zum Markt und kaufte sich einen Stock, um sich das Gehen zu erleichtern. Als er nach Hause zurückkam, merkte er, daß er sich im Maß geirrt hatte: er hatte einen zu langen Stock gekauft. Aber der Stock gefiel ihm, er war leicht und stabil und aus einem schönen hellen Holz ohne Astknoten, und Carlone dachte, es wäre besser ihn zu verkürzen als ihn dem Händler zurückzugeben, bei dem er ihn gekauft hatte.

»Das ist keine große Sache«, sagte der Tischler, »ich säge einfach ein Stück ab.«

Er steckte den Stock in den Schraubstock und nahm die Säge, um unten, wo der Stock auf den Boden aufsetzt, ein Stück abzunehmen. Der Alte protestierte und erklärte ihm, daß der Stock unten gut passe und nur oben am Griff zu lang sei.

»Aber der Griff ist doch gebogen«, sagte der Tischler, »wenn ich oben ein Stück absäge, ruiniere ich den Stock.«

»Er ist aber oben zu lang und muß deshalb oben abgesägt werden«, beharrte der Alte.

»Es ist doch dasselbe, wenn ich ihn unten absäge«, sagte der Tischler.

Der Alte wurde sehr zornig und sagte, er sei eigens zu ihm gekommen, denn einen Stock unten absägen könne ja jeder.

Es war fast ein Wunder, daß der alte Carlone diesem starrköpfigen Tischler, der seinen Stock am falschen Ende abschneiden wollte, den Stock nicht noch über den Kopf hieb.

Der Tag und die Nacht

Tontolone hatte gehört, daß die Leute nach dem Aufwachen das Fenster öffnen, um den Tag hereinzulassen. Tontolone wachte oftmals in der Nacht auf und öffnete dann das Fenster, aber statt des Tages kam nur rabenschwarze Dunkelheit herein.

»Wie machen es bloß die andern, daß sie den Tag zum Fenster hereinlassen«, sagte Tontolone und schlug sich mit den Fäusten gegen die Stirn, um das Geheimnis herauszubekommen.

Eines Tages vertraute er sich einem treuen Freund an, der ihm sagte, wenn er den Tag zum Fenster hereinlassen wolle, müsse er es morgens öffnen wenn die Sonne aufgegangen sei.

»Kunststück«, rief Tontolone verächtlich, »das kann ja jeder!«

Der Fink und die Nachtigall

Der Fink setzte sich auf einen Ast, blickte um sich und begann aus voller Kehle zu zwitschern.

»Dieser Platz gehört mir! Dieser Platz gehört mir! Und wenn jemand mir zu nahekommt, hacke ich ihm ein Auge aus!«

Die anderen Vögel begriffen sofort, daß der Fink nicht scherzte, und hielten sich fern.

Eine Frau – eine gewisse Margheritona – hörte den Gesang des Finken und lehnte sich aus dem Fenster.

»Hört nur diese Nachtigall, wie schön sie singt, was für eine wundervolle Melodie! Wieviel Süße dringt aus diesem Kehlchen! Die Menschen müßten von den Vögeln lernen wie man lebt, statt sich tagtäglich nur in Stücke zu reißen. Sie müßten lernen im Kontakt mit der Natur zu leben und auf den Gesang der Nachtigallen zu hören – dann würden sie sich vielleicht bessern.«

Der Fink, der sich die Rede der Frau angehört hatte, begann wieder aus voller Kehle zu singen.

Dieser Platz gehört mir! Dieser Platz gehört mir! Und wenn jemand mir zu nahe kommt, hacke ich ihm nicht nur ein Auge aus sondern alle beide! Außerdem bin ich ein Fink und keine Nachtigall, du dumme Kuh!«

Als erstes hatte der neue Bürgermeister beschlossen, den Dorfplatz zu vergrößern, um seine Wahl zu feiern. Ein Schürfkübelbagger mit dem Gemeindewappen war im Morgengrauen auf den Platz gekommen und hatte angefangen, eine Reihe von kleinen Häusern zu zerstören, in denen der Bäcker, der Schuster, der Klempner und die Kurzwarenhändlerin ihre Läden hatten, wie auch der Stöpselmacher, der für alle Arten von Löchern Stöpsel nach Maß anfertigte. Es gab auch einen Laden, in dem Schneckenhäuser für Touristen verkauft wurden. Die Ladenbesitzer hatten versucht, sich zu widersetzen, doch der Baggerführer der Gemeinde hatte ihnen mit knapper Not die Zeit gelassen, ihre Waren in Sicherheit zu bringen, dann hatte er alles eingeebnet.

Der Bürgermeister hatte die Ladenbesitzer gezwungen, in ein kleines verstecktes Gäßchen im hintersten Winkel des Dorfs zu ziehen, wo nie jemand hinkam. Auf dem Dorfplatz, dort wo die Läden gewesen waren, hatte der Bruder des Bürgermeisters einen Prunkbau errichtet, endlos lang und höher als der Kirchturm. Der Bürgermeister tat so, als wäre er mit diesem Bruder zerstritten, und eines Tages ohrfeigte er ihn sogar öffentlich. Aber alle wußten, daß sie zwei Mordsspekulanten waren, die sich im Geheimen ihre Gewinne teilten.

Jeden Abend um acht ließen die Ladenbesitzer ihre Rolläden herunter und klagten, denn seit der Bürgermeister sie umgesiedelt hatte, war niemand mehr in ihre Läden gekommen. Auch diejenigen, die sich vorher nicht vertragen hatten, waren jetzt Freunde und stießen gemeinsam ihre Verwünschungen gegen den Bürgermeister aus – ohne Unterbrechung bis zum Abendbrot. Das verschaffte ihnen zwar Erleichterung, aber die Geschäfte gingen trotzdem schlecht.

Eines Tages suchte der Bürgermeister den Dorfarzt auf und klagte über ein seltsames Leiden: jeden Abend von acht bis neun pfiffen ihm die Ohren mit einem starken Pfeifton wie von einer Feuerwehrsirene – was ihn stark belästigte und nervös machte und ihm schreckliches Kopfweh bereitete.

»Das wird der niedrige Blutdruck sein«, hatte der Arzt gesagt und ihm einen Sirup verschrieben.

Nach einer Woche ging der Bürgermeister wieder zum Arzt und sagte, daß der Pfeifton immer noch da sei, täglich zur gleichen Stunde.

»Das wird der hohe Blutdruck sein«, sagte der Arzt und verschrieb ihm andere Medikamente.

Der Bürgermeister schluckte eine Menge Pillen, ließ sich Spritzen geben und massieren, aber in seinen Ohren pfiff es weiter, immer von acht bis neun.

Als die Ladenbesitzer davon erfuhren, begriffen sie sofort, daß dieses Pfeifen die Wirkung ihrer Verwünschungen war. Sie sprachen nun auch mittags schlecht über den Bürgermeister, und dem Bürgermeister pfiffen nun auch mittags die Ohren. Wenn sich zehn von ihnen zusammenfanden, war das Pfeifen sehr laut, wenn sie nur zu zweit oder zu dritt waren, war es schwächer. Das erfuhren sie vom Dorfarzt, der ihr Freund war.

Den Ladenbesitzern war jetzt klar, daß sie den Bürgermeister belästigen konnten wann und wie sie wollten. So versammelten sie sich manchmal schon um sechs Uhr morgens und manchmal auch schon um fünf, um ihre Verwünschungen gegen ihn auszustoßen. Der Bürgermeister wachte dann auf, hielt sich die Ohren zu und legte sich ein feuchtes Tuch auf die Stirn, aber das Pfeifen dauerte an und sein Kopf schmerzte so stark als schlüge jemand mit dem Hammer darauf herum.

Als der Bürgermeister den Grund seines Leidens erfuhr, rief er die Ladenbesitzer zusammen und versuchte, ihnen zu drohen, aber es war nichts zu machen. Er versuchte auch, ihnen Geld anzubieten, aber sie lachten ihm nur ins Gesicht. Sie wollten mit ihren Läden auf den Dorfplatz zurück.

Der Bürgermeister glaubte verrückt zu werden. Das Pfeifen in den Ohren gönnte ihm keine Ruhe, es kam unversehens zu jeder Tages- und Nachtzeit. Aus Furcht im Irrenhaus zu landen, zwang er seinen Bruder, jedem der Ladenbesitzer in dem auf dem Dorfplatz errichteten Prunkgebäude ein Geschäft einzurichten. So kam es, daß die beiden Brüder nach all den vorgetäuschten Streitigkeiten nun ernsthaft stritten und sich zur größten Erheiterung aller Dorfbewohner mit Faustschlägen, Ohrfeigen und Fußtritten traktierten.

Nach der Rückkehr der Ladenbesitzer auf den Dorfplatz erforschte der Arzt das Pfeifen wissenschaftlich, und als er herausgefunden hatte, wie es funktioniert, stellte er es allen Marktflecken, Städten und Dörfern zur Verfügung, deren Bürger sich gegen einen schurkischen Bürgermeister wehren wollten. Er fügte sogar noch einige Verbesserungen an. So erklärte er zum Beispiel, daß das Pfeifen noch wirksamer sein und weit stärkeres Kopfweh verursachen könnte, wenn es durch ein paar Steine ergänzt würde, die man dem zu bestrafenden Bürgermeister an den Kopf wirft.

Der pechschwarze Regenwurm

Ein ellenlanger pechschwarzer Regenwurm beschloß, dem Besitzer des Bauernhofs, auf dem er lebte, einen Streich zu spielen. Er wußte, daß die Menschen sich vor den Würmern ekeln und hatte beschlossen, sich dafür zu rächen.

Während der Nacht erklomm der Regenwurm mühsam die Treppe des Hauses und erreichte das Zimmer des Bauern. Unter dem Bett standen seine Schuhe. Der Regenwurm entfernte den schwarzen Schnürsenkel von einem Schuh und bezog seinen Platz, indem er durch die Löcher schlüpfte. Dabei lachte er sich schon ins Fäustchen, weil er an das ekelverzerrte Gesicht des Bauern dachte, wenn er die Sache am nächsten Morgen merkte.

Der Bauer wachte sehr früh auf und zog schlaftrunken mit halbgeschlossenen Augen seine Schuhe an, wobei er in den pechschwarzen Regenwurm, der wirklich wie ein Schnürsenkel aussah, einen Doppelknoten machte. Dann verließ er das Haus und ging zur Arbeit aufs Feld. Dem doppelt verknoteten Wurm gelang es den ganzen Tag über nicht, sich aus dem Schuh zu befreien.

Am Abend, als der Bauer den Knoten löste, um den Schuh auszuziehen, hatte der Regenwurm schreckliche Rückenschmerzen, und es gelang ihm nur mit großer Anstrengung, sich aus den Löchern herauszuwinden. Dann taumelte er die Treppe hinunter und erreichte mit Mühe die Wiese, wo er drei Tage lang in der Sonne liegenblieb bevor er wieder gehen oder vielmehr nach Art der Regenwürmer auf dem Boden kriechen konnte.

Der faule Kater

Einen so faulen Kater wie Baffo hat es noch nirgends auf der Welt gegeben. Er fing keine Mäuse, weil ihm das Laufen zu mühsam war, er fraß nicht, weil ihm das Kauen zu mühsam war. Das einzige, was er gerne tat, war schlafen. Im Schlaf träumte er, daß er Mäuse jagte, und dann träumte er, daß er sie fraß und dann leckte er sich den Schnurrbart, so als hätte er sie wirklich gefressen.

Einmal an einem sehr heißen Tag ging Baffo in den Keller, um sich ein wenig abzukühlen. Dort sah er ein Stück Käse in einer Mausefalle, aber da er noch nie eine Falle gesehen hatte, langte er nach dem Käse und blieb mit der Pfote in der Falle stecken. Er begann zu miauen wie am Spieß, während aus allen Ecken die Mäuse hervorsprangen und anfingen wie die Verrückten zu lachen, ihn zu verspotten und im Reigen um ihn herumzutanzen. »Ist das vielleicht ein blöder Kater!« riefen sie. Schon hatten die übermütigsten Mäuse sich darangemacht, an seinem Schwanz und seinen Beinen zu knabbern und ihn am Schnurrbart zu ziehen, da betrat Gatta Rossa, die wildeste Katze im ganzen Viertel, den Keller und veranstaltete ein Gemetzel. Dann befreite sie Baffos Pfote, verband sie und schenkte ihm zwei Mäuse, die schon ein wenig vorgekaut waren.

Baffo fraß die beiden Mäuse und leckte sich dann den Schnurrbart, wie er es so oft im Traum getan hatte. Die Mäuse schmeckten ihm so gut, daß er sich noch am selben Tag in Gatta Rossa verliebte, welche glücklich war, für Baffo Mäuse zu fangen und sie ihm dann ein wenig vorgekaut zu schenken – denn auch sie hatte sich verliebt.

Der Katzenhund

Es gab einmal einen Hund, der sich sehr merkwürdig verhielt. Statt hinter den Katzen herzulaufen, lief er den Mäusen nach. Eines Tages versuchte er eine von ihnen zu fressen, und sie schmeckte ihm so gut, daß er sich den Schnurrbart leckte. Er setzte seine Mäusejagd fort und bemühte sich, mit den Katzen Freundschaft zu schließen. Aber die Katzen machten einen Bogen um ihn, weil sie ihm nicht trauten. Darüber verfiel er in tiefe Melancholie.

»Dieser Hund ist ein Wirrkopf«, sagten sowohl die Katzen als auch die Mäuse, dann rannten sie davon und ließen ihn allein.

Der Hund fuhr fort, Mäuse zu fressen und sich um die Freundschaft der Katzen zu bemühen, doch sobald er sich ihnen näherte, sträubte sich ihnen das Fell, und sie fauchten ihn an und wollten ihn kratzen.

Eines Tages versuchte der Hund zu schnurren, doch es gelang ihm nicht recht. Ein andermal versuchte er zu miauen, und das gelang ihm so gut, daß er plötzlich den Verdacht hatte, er sei gar kein Hund, sondern eine Katze. Aber wieso schmeckten ihm dann auch Hühnerknochen? Der Hund nahm seinen Kopf zwischen beide Pfoten und sagte:

»Darf man erfahren, wer ich bin?«

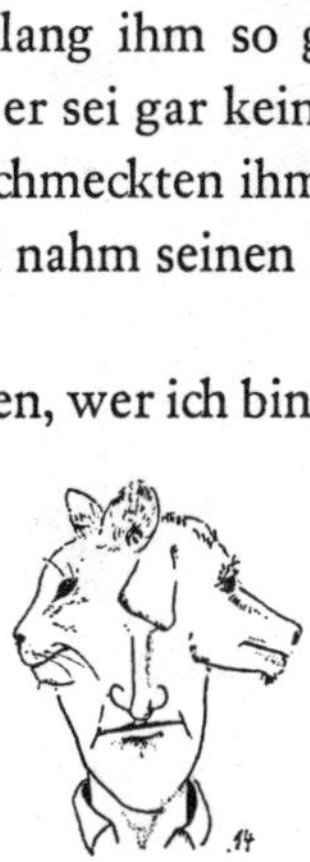

Der zweibeinige Hund

Ein Hund war am Tiberufer in eine Straßenbahn gerannt und hatte beide Vorderbeine verloren. Er entwickelte einen großen Minderwertigkeitskomplex den anderen Hunden gegenüber, weil er nun gezwungen war, aufrecht auf seinen Hinterbeinen zu gehen.

Als er merkte, daß die Menschen auch auf den Hinterbeinen gehen und keinerlei Komplexe gegenüber den Hunden haben, band er sich eine Krawatte um und zog eine Hose an, um seinen Schwanz zu verstekken. Dann begann er, mit den Menschen zu verkehren statt mit den Hunden.

Die Menschen hielten ihn für einen Menschen und behandelten ihn hundsmiserabel – so wie sie es für gewöhnlich untereinander tun. Der Hund war glücklich und lebte weiter unter den Menschen und wurde von allen behandelt wie ein Hund.

In der Straßenbahn

Ubaldone war ein sehr zerstreuter Mann. Eines Morgens als er noch zerstreuter war als gewöhnlich, bestieg er die Straßenbahn, um ins Büro zu fahren. Es regnete, es schneite, der Wind blies, und hie und da fielen auch ein paar Hagelkörner. Was für eine häßliche Jahreszeit! Es war in der Tat Frühling, und im Frühling ist das Wetter bekanntlich immer ein wenig verrückt. Ubaldone sah auf seine Armbanduhr, aber er merkte sofort, daß er sie zuhause liegengelassen hatte. Er fragte jemanden, der neben ihm saß, nach der Zeit.

»Es ist kurz vor halb neun«, antwortete der.

»Mein Gott, schon so spät!« rief Ubaldone, der genau um halb neun im Büro sein mußte.

Die Straßenbahn ratterte schnell über die Schienen. Zum Glück wurde sie von einem äußerst geschickten Fahrer gelenkt, der sie behende durch den Verkehr steuerte und sogar einige Überholmanöver riskierte. Einmal fuhr er mit einem Rad über den Bürgersteig und hätte fast eine alte Frau überfahren, dann nahm er seine rasende Fahrt wieder auf.

Ubaldone fragte seinen Nebenmann erneut nach der Zeit.

»Es ist zwanzig nach acht«, sagte dieser.

Was für ein Glück, dachte Ubaldone, in eine Straßenbahn geraten zu sein, die so schnell fährt, daß sie auf der Uhr Zeit gewinnt.

Die Straßenbahn fuhr und fuhr – immer weiter durch Sonne und Regen. Ubaldone wischte sich den Schweiß von der Stirn und fragte seinen Nebenmann wieder nach der Zeit.

»Es ist zehn nach acht«, sagte dieser.

Ubaldone dankte ihm mit einem Lächeln. Dann sah er zum Fenster hinaus und merkte mit Entsetzen, daß er sich in einem ganz anderen Stadtteil befand als dem seines Büros.

»Du liebe Zeit!« – rief Ubaldone, »ich habe die Straßenbahn in die verkehrte Richtung genommen!«

Jetzt begriff er, wieso auch die Uhr seines Nebenmanns verkehrt herum ging. Er näherte sich dem Ausgang, um an der nächsten Haltestelle auszusteigen und die Straßenbahn in die andere Richtung zu nehmen. Es fehlten gerade zwanzig Minuten bis zur Öffnung seines Büros, und er konnte noch pünktlich um acht Uhr dreißig dort sein.

Die Räder des großen Wagens

Cesarone hatte gehört, daß die antiken Astronomen die Sterne vom Grund eines Brunnens aus beobachteten. Eines Tages wollte er das auch versuchen und wäre um ein Haar ertrunken. Als man ihn wieder heraufzog, war er mehr tot als lebendig.

Das ist bestimmt passiert, weil ich ein moderner Astronom bin und kein antiker, hatte Cesarone gedacht, aber dann hatte man ihm erklärt, daß das Problem nicht die Antike sei sondern das Wasser: er hätte sich auf den Grund eines ausgetrockneten Brunnens setzen sollen.

Weil die Sterne seine Leidenschaft waren, er aber nicht ihretwegen ertrinken wollte, ging Cesarone aufs Land und baute sich dort einen Brunnen ganz oberhalb der Erde, d. h. einen runden Turm, innen hohl und ohne Dach.

Auf den Boden dieses Brunnens – also auf die Oberfläche der Erde – hatte Cesarone einen Sessel gestellt, und dort verbrachte er seine Nächte, um die Sterne zu betrachten. Er hatte inzwischen einen großen Teil des Firmaments auswendig gelernt und wiederholte das Gelernte tagsüber mit Hilfe einer farbigen Sternkarte, die er in einem Papiergeschäft antiquarisch gekauft hatte.

Seit Cesarone seine Nächte mit Sterngucken verbrachte, war er ein bißchen merkwürdig geworden: er erkannte seine Freunde nicht mehr, wenn er sie auf der Straße traf, er verwechselte Hunde mit Katzen, und manchmal sah er nicht einmal die Straßen, durch die er ging, und rannte gegen Häuserwände.

»Auf der Erde bin ich ganz durcheinander«, sagte er, »im Himmel finde ich mich viel besser zurecht.«

Nachts unternahm Cesarone wunderschöne Reisen durch den Sternenhimmel. Er wanderte vom großen zum kleinen Wagen, schlug den Weg zur Kassiopeia ein, machte unterwegs bei Kepheus Rast, kehrte schließlich zum Großen Wagen zurück und besuchte auf halbem Weg das Sternbild der Giraffe. Nach diesen nächtlichen Streifzügen war er morgens immer sehr müde und schlief in seinem Sessel ein. Er schlief den ganzen langen Tag und vergaß sogar das Essen.

Eines Abends blickte Cesarone mit vor Staunen weit aufgerissenen Augen zum Himmel. Mit dem Großen Wagen war etwas passiert – etwas höchst merkwürdiges. Er schloß einige Minuten lang die Lider um seine Augen auszuruhen, dann blickte er wieder hinauf. Seine Augen hatten sich nicht getäuscht: der Große Wagen hatte jetzt fünf Räder.

Ich muß mich ausruhen, dachte Cesarone, sicher bin ich übermüdet. Dann blickte er wieder hinauf und fand die Deichsel an ihrem Platz, aber der Wagen hatte immer noch fünf Räder. Das fünfte Rad war zwischen den Hinterrädern – den Sternen Alpha und Beta – aufgetaucht.

Einige Tage bzw, einige Nächte lang verzichtete Cesarone auf die Betrachtung des Sternenhimmels und ging ins Café, um ein paar Stunden mit den Freunden zu verbringen, die er so lange vernachlässigt hatte. Auf diese Weise erfuhr er, daß der Himmel voller künstlicher russischer und amerikanischer Satelliten war, die von dort oben die Erde ausspionierten und sich mit den Sternen verwechseln ließen.

»Diese Spionagesatelliten haben mir das Firmament

verdorben«, klagte Cesarone und ließ auf dem oberen Brunnenrand, d. h. auf der Spitze des Turms ein Dach anbringen.

Von jenem Tag an verbrachte er seine Zeit im Café und schimpfte auf alles und jeden – auf die Entwertung der Lira, den gepantschten Wein, die Bauspekulation, die Korruption und die Verschmutzung der Luft, und von der Luft begann er nach oben zu steigen, immer höher, bis er schließlich auf den Sternenhimmel schimpfte, der ebenso verschmutzt sei wie der ganze Rest.

Die Federn des Erzengels

Jeden Sonntagmorgen hielt der Priester in der Kirche eine Predigt, und nach der Predigt zog er unter seinem Priestergewand ein Sträußchen Federn hervor und sagte, »seht – dies sind die Federn des Erzengels Gabriel«. Bekanntlich haben die Engel und Erzengel Flügel und müssen darum notgedrungen auch Federn haben. Die frommen Weiblein kramten das Geld aus ihren Geldbörsen und spendeten es in den Opferstock, um eine Feder des Erzengels Gabriel zu erlangen. Am folgenden Sonntag zog der Priester wieder ein Sträußchen Federn hervor und sagte, daß der Erzengel sie ihm diesmal während des Schlafs eigenhändig überbracht hätte. Und die frommen Weiblein wetteiferten nur so miteinander um den Besitz der Federn: jede wollte eine mit nach Hause nehmen, denn es hatte sich herumgesprochen, daß die Federn des Erzengels Gabriel Krankheiten fernhalten.

Schon seit geraumer Zeit beunruhigte sich der Hahn im Hühnerstall des Priesters wegen einer höchst seltsamen Sache: jeden Sonntagmorgen wachte er mit ein paar Federn weniger auf. Nach vier oder fünf Sonntagen war er schon ganz gerupft, und die Hühner im Hühnerstall machten sich über ihn lustig und hackten mit dem Schnabel tüchtig auf ihn ein, um ihn sich vom Leib zu halten.

Eines Sonntagmorgens, als der Priester gerade erzählte, der Erzengel Gabriel habe ihm während der Nacht wieder eigenhändig ein Sträußchen Federn gebracht, schaute der Hahn durch eines der Fenster zur Kirche herein. Von diesem Augenblick an setzte er sich in den Kopf, selbst der Erzengel Gabriel zu sein, und jedesmal wenn der Priester die Messe las, versuchte er in die Kirche einzudringen und sich auf den Altar zu setzen. Als die Leute den gerupften Hahn sahen, begriffen sie woher die Federn des Erzengels stammten und der Priester schämte sich in Grund und Boden.

Die pfiffige Kuh

Eine Kuh wußte vom Hörensagen, daß Flamingos nur zwei Beine haben und daß sie ab und zu eins unter dem Flügel verstecken und dann stundenlang auf einem Bein stehen. Schade, daß ich keine Flügel habe, dachte die Kuh, aber wenn es mir gelänge, auf einem Bein zu stehen, dann würden mich sicher alle für einen Flamingo halten und mich nicht mehr vor den Karren und den Pflug spannen.

Die Kuh versuchte ein Vorderbein hochzuhalten und es gelang ihr vortrefflich. Dann versuchte sie ein Vorderbein und ein Hinterbein hochzuhalten, und auch dabei konnte sie sich aufrecht halten. Ihr Besitzer sah ihr verständnislos zu.

Viele Monate lang übte die Kuh, auf einem einzigen Bein zu stehen – sie versuchte es zuerst mit einem Vorderbein, dann mit dem einem Hinterbein – aber es gelang ihr nicht. So kam es, daß diese bedauernswerte Kuh trotz aller Anstrengung nicht mit einem Flamingo verwechselt wurde und weiterhin Karren und Pflug ziehen mußte.

Gennarone hatte einen kleinen Laden auf dem Dorfplatz. Er verkaufte Brieftaschen und Geldbörsen, die er eigenhändig anfertigte. Abends schnitt er das Leder zu und nähte die Stücke mit Zwirn zusammen, tagsüber stellte er sich hinter den Ladentisch und wartete auf die Kunden, die indes nie kamen. Und dabei war das Leder von guter Qualität, die Modelle erschienen ihm elegant, die Nähte waren tadellos ausgeführt. Er konnte nicht verstehen, warum niemand kam und seine Brieftaschen und Geldbörsen kaufte. Wahrscheinlich weil die Leute kein Geld haben, um es hineinzutun, sagte er sich. Das Dorf war arm, und außerdem gab es die Wirtschaftskrise und die Inflation. Während er diesem Gedanken nachhing, fiel ihm ein, daß man bei einer Inflation sehr viel Geld braucht um sehr wenig zu kaufen. Und wo tun die Leute das viele Geld hin? Vielleicht brauche ich eine Reklameidee, dachte er und schloß von Zeit zu Zeit die Augen, denn er hatte gehört, daß Ideen nur im Dunkeln kommen.

Eines Tages war die Idee dann endlich da und sie schien ihm phantastisch: er entschloß sich, seine Brieftaschen und Geldbörsen in Zukunft nur noch mit Geldscheinen und Münzen gefüllt zu verkaufen.

»Diese Brieftasche ist für einen Verwaltungsbeamten geeignet«, erklärte er einem Kunden, »und diese hier paßt zu einem Firmendirektor. Das ist eine Geldbörse für eine Frau, die auf dem Markt einkauft, während diese hier eher der Frau eines Viehhändlers entspricht.«

Der Kunde sah, daß die Brieftasche mit Geldscheinen und die Börse mit Münzen gefüllt war und kaufte sie sofort.

»Das ist ein gutes Geschäft«, sagte Gennarone. Und es war in der Tat ein gutes Geschäft, seine gefüllten Brieftaschen und Geldbörsen zu kaufen.

Gennarones kleiner Laden war jetzt immer voller Kunden, die auch aus den umliegenden Dörfern kamen, um bei ihm zu kaufen. Man riß ihm die Brieftaschen und Geldbörsen förmlich aus der Hand – er hatte kaum Zeit sie herzustellen, schon waren sie verkauft.

Nach einem Jahr außergewöhnlicher Umsätze mußte Gennarone seinen Laden schließen, weil er bankrott gemacht hatte. Er vermochte nicht zu verstehen, wie ein so großer Erfolg zu einer so großen Pleite führen konnte.

Eine Bande von Pariser Ameisen verübte Raubüberfälle auf Konditoreien. Sie plünderten keine Geldschränke aus, wie es gewisse andere Tierbanden tun, sondern waren darauf spezialisiert, eine bestimmte Schokoladenmarke in mangelhaften Verpackungen zu fressen, in die sie mühelos eindringen konnten. Die Ameisen erkannten diese Schokolade sofort, weil auf der Verpackung als Warenzeichen der Eiffelturm abgebildet war. Es handelte sich um eine sehr süße und gute Schokolade, und die Ameisen schlugen sich die Bäuche damit voll. Wer zuerst kommt, mahlt zuerst: wenn die Kunden die Schokolade kauften und zuhause die Verpackung öffneten, fanden sie sie ganz zerfressen. Sie liefen zurück zum Konditor und ließen sich ihr Geld wiedergeben.

Die Schokoladenfabrikanten konnten sich nicht erklären, warum die Ameisen gerade auf ihre Marke so erpicht waren. Sie versuchten es mit Werbesprüchen in den Zeitungen, wo sie versicherten, daß ihre Schokolade, wenn die Ameisen sie bevorzugten, bestimmt die beste sei. Aber die Leute wollten sie nicht mehr kaufen. Sie sagten: was haben wir schon davon, daß sie gut schmeckt, wenn sie immer ganz zerfressen ist?

Nach kurzer Zeit mußten die Fabrikanten ihre Tore schließen, d. h. sie machten mit soviel Pauken und Trompeten bankrott, daß der Lärm in allen Konditoreien der Hauptstadt zu hören war.

Die Ameisen hatten sich unterdessen an ihre Schokoladenmarke gewöhnt und benahmen sich wie Raucher, die durchdrehen und die Wände hochgehen, wenn sie ihre Lieblingsmarke nicht bekommen.

Eines Tages wandte eine Ameise die Augen zum Himmel, weil sie einen Donner gehört hatte. Vielleicht würde es regnen. Und was sah die Ameise, die ihre Augen zum Himmel wandte, als sie den Donner gehört hatte? Sie sah etwas, das sie nicht glauben konnte. Sie rieb sich die Augen und schaute nochmals hin.

»Das kann doch nicht wahr sein«, sagte die Ameise zu niemandem, denn es war niemand bei ihr.

Dann blickte sie wieder hinauf. Nein, sie hatte sich nicht getäuscht. Hoch in den Himmel hinein ragte ein riesiger schokoladener Eiffelturm, genau derselbe, der auf den Verpackungen der Firma abgebildet war, die ihretwegen Pleite gemacht hatte. Da gibts genug zu essen für ein Jahr, dachte sie, nein, für zehn Jahre, vielleicht sogar für hundert.

Die Ameise ging zu ihren Freundinnen, um es ihnen zu erzählen.

»Es gibt einen Eiffelturm aus Schokolade!«

»Wo das?«

»Hier in Paris.«

Sie wollten es nicht glauben.

»Ich kann ihn euch zeigen.«

Und die Ameise führte die Ameisenbande zum Eiffelturm.

»Diesmal brauchen wir uns nicht zu zanken«, sagte die Ameise, »hier gibt's genug für alle.«

Die Ameisen erstürmten den Eiffelturm, denn seit die Schokoladenfabrik, die ihre Marke herstellte, pleite gegangen war, hatten sie schlimme Zeiten durchgemacht. Sie begannen hinaufzusteigen, und versuchten ab und zu in diese seltsame Schokolade zu beißen, die hart war wie Eisen. Wie seltsam! Etliche bissen sich die Zähne aus, andere wurden vom Rostfieber gepackt, und manche stürzten sich vor Verzweiflung vom Turm.

Es waren einmal zwei Damen, die waren schon seit vielen Jahren befreundet und haßten sich trotzdem. Sie wohnten im selben Haus, gingen zur selben Stunde auf der selben Straße spazieren, begrüßten sich überschwenglich immer wenn sie sich trafen, machten sich gegenseitig die größten Komplimente und waren vermutlich auch ein wenig verwandt, und doch – trotz ihrer großen Freundschaft haßten sie sich. Sie waren etwa gleich alt und manche sagten sogar, sie sähen sich ähnlich. Wenn eine der beiden Damen etwas tat, dann wollte die andere nicht hinter ihr zurückstehen und tat das gleiche, wobei sie aufgrund des Hasses, der sie verband, bemüht war, es etwas mehr zu tun als ihre Freundin.

Eines Tages machte die erste Dame einen Spaziergang auf ein paar sehr hohen Absätzen. Jedesmal, wenn sie ihrer Freundin begegnete, schaute sie auf diese herab. Die Sache blieb nicht unbemerkt und die zweite Dame unterbrach gekränkt ihren Spaziergang und ging zum Schuster, um bei ihm ein Paar Schuhe zu bestellen, deren Absätze doppelt so hoch sein sollten wie die ihrer Freundin.

Einige Tage später mußte die erste Dame während ihres Spaziergangs beinahe weinen als sie sah, daß ihre Freundin sie mindestens um eine Handbreit überragte und nun diejenige war, die auf sie herabschaute. Natürlich konnte sie eine solche Schmach nicht einfach hinnehmen und lief schnurstracks zu ihrem Schuster, um ein Paar Schuhe zu bestellen, deren Absätze doppelt so hoch sein müßten wie die schon sehr hohen der zweiten Dame.

Ein paar Tage später hatte die erste Dame während des gewohnten Spaziergangs erneut die Genugtuung, auf ihre Freundin herabschauen zu können. Die Sache wurde von allen bemerkt und bildete das Thema vieler Klatschgeschichten.

Mit Tränen in den Augen kehrte die zweite Dame zu ihrem Schuster zurück. Der Schuster verdoppelte die Höhe der Absätze, mußte sie jedoch mit einem Stahlgerüst verstärken, weil sie sonst abgebrochen wären.

Als die zweite Dame ausging, um ihren gewohnten Spaziergang zu machen, betrachteten sie alle mit großer Neugier, denn noch nie hatte man so hohe Absätze gesehen. Doch an diesem Tag blieb die erste Dame die ganze Zeit zu Hause. Am folgenden Tag ging sie jedoch wieder aus, auf Absätzen, die doppelt so hoch waren wie die ihrer Freundin. Diese setzte nun jedesmal wenn sie sich trafen aus Rache ein falsches Lächeln auf.

Der Krieg der Absätze dauerte viele Tage, und alle anderen Damen bestaunten die beiden Freundinnen, die mittlerweile ihre Köpfe so hoch trugen, daß sie in die Fenster der ersten Stockwerke hineinschauen konnten. Wenn sie spazierengingen, begannen die Leute ihre Nasen in die Luft zu strecken, als flöge ein Flugzeug vorbei. Die beiden Damen, hoch oben, warfen sich hin und wieder ein strahlendes Lächeln zu, denn auch wenn sie sich haßten, blieben sie doch weiterhin befreundet. Viele bemerkten, daß ihr Lächeln falsch war.

Eines Tages als die beiden Damen auf ihren meterhohen Absätzen herumspazierten, erhob sich unversehens ein großer Wind. Die beiden Damen gerieten ins Schwanken, streiften die Drähte der Straßenbahnlinie und bekamen beinahe einen elektrischen Schlag. Schließlich stürzten sie von der Höhe ihrer Absätze auf den Boden und brachen sich alle beide den Hals. Man schaffte sie ins Krankenhaus.

Als die beiden Damen mit eingegipsten Hälsen wieder herauskamen, trugen sie zwar keine hohen Absätze mehr, aber sie blieben weiterhin Freundinnen, das heißt, sie haßten sich wie eh und je.

Die Spinne und der Skorpion

Die Spinne und der Skorpion stritten sich lange. Die Spinne behauptete, schöner zu sein als der Skorpion, und der Skorpion behauptete, schöner zu sein als die Spinne. Ich habe einen schönen runden Bauch, sagte die Spinne, und ich kann Netze mit geometrischen Formen sticken. Ich bin klein, sagte der Skorpion, und scheine trotzdem groß. Auch ich scheine groß, sagte die Spinne, und ich habe viele flinke und schlanke Beine. Ich habe zwei Scheren und du hast noch nicht einmal eine, sagte der Skorpion. Außerdem gehöre ich dem Tierkreis an und werde in allen Kalendern gedruckt. Ich habe keine Flügel und kann trotzdem wie ein Vogel in der Luft schweben, sagte die Spinne. Und ich habe einen Schwanz, sagte der Skorpion.

»Wenn du wirklich so schön bist, wie du sagst, warum laufen dann alle weg, wenn sie dich sehen?« sagte die Spinne zum Skorpion.

»Auch wenn sie eine Spinne sehen, laufen alle weg«, – sagte der Skorpion.

»Hm«, sagte die Spinne, »wetten, daß wir alle beide häßlich sind?«

Der Skorpion verharrte eine Weile in Gedanken, und als ihm aufging, daß die Spinne vermutlich recht hatte, begann er zu weinen.

Der verschmutzte Himmel

Die Düsenflugzeuge flogen mit großer Geschwindigkeit vorbei und hinterließen lange weiße Streifen am blauen Himmel. Serafino fing dann jedesmal zu weinen an und beklagte sich, weil sie ihm den Himmel verschmutzten.

»Wenn ich einen Strich an die Wand mache, dann schimpfen alle mit mir, aber wenn die dort oben Striche an den Himmel machen, dann sagt keiner was.«

Sein Vater erklärte ihm, daß diese Striche aus Luft wären und daß sie nach einer Weile von selbst wieder verschwänden.

»Kreidestriche kann man aber auch wegwischen.«

Der Vater erklärte Serafino, daß man da nicht so streng sein dürfte, weil die Flugzeuge ein Transportmittel wären, und weil die Menschen notgedrungen reisen müßten und ihre Briefe aus sehr weit entfernten Ländern per Luftpost schickten, was bedeutete, daß die Briefe auch mit dem Flugzeug reisten.

Serafino gab sich nicht geschlagen. Er sagte, daß die Striche hauptsächlich von den Militärflugzeugen kämen, die sowieso lieber unten bleiben sollten, statt herumzufliegen und Benzin zu vergeuden. Darauf konnte der Vater nichts antworten, denn er wußte, daß sein Sohn recht hatte, aber um ihn zu beruhigen sagte er, daß man vermutlich auch die Militärflugzeuge brauchte, für den Fall daß es Krieg gäbe. Aber Serafino gab zurück, daß im Augenblick ja gar kein Krieg wäre und daß die Militärflugzeuge sowieso die beknacktesten mit den dicksten Strichen und dem meisten Lärm wären.

An einem Sonntag wollte Serafino seine Großmutter besuchen, die auf dem Land wohnte, aber sein Vater sagte, das ginge nicht, weil das Benzin zu teuer wäre. Serafino fing an zu heulen und schimpfte, daß das ganze Benzin von den Flugzeugen verbraucht würde. Sie fuhren mit dem Zug zur Großmutter.

Serafino unterhielt sich lange mit seiner Großmutter. Sie sprachen über längst vergangene Zeiten, als die Flugzeuge noch nicht erfunden waren.

Auf der Rückfahrt sagte Serafino zu seinem Vater, daß früher am Himmel nur die Engel geflogen wären, und daß die Engel viel besser erzogen wären als die Düsenflugzeuge, denn sie machten keine Striche und verbrauchten kein Benzin. Das wüßte er bestimmt, denn das hätte ihm die Großmutter erzählt.

Der Vater sagte, das sei absolut richtig, die Engel würden den Himmel nicht verschmutzen und keinen Lärm machen und auch kein Benzin verbrauchen, aber, fügte er hinzu, sie machen Pipi auf die Köpfe der Fußgänger, und wenn sie ganz schlecht erzogen sind, manchmal auch Kaka.

Von jenem Tag an sprach Serafino nicht mehr über die Engel und auch nicht mehr über die Flugzeuge.

Der falsche Frühling

Eine Schwalbe macht noch keinen Sommer, heißt es in einem Sprichwort. Und zwölf Schwalben? Und vierundzwanzig? Vierundzwanzig Schwalben taten sich zusammen und flogen in den ersten Februartagen in Afrika los. Sie landeten auf einem Acker in der Nähe von Perugia. Dort begannen sie zu zwitschern und um einen großen Apfelbaum zu kreisen, der noch nicht einmal Knospen getrieben hatte. Ringsherum auf den Feldern lagen überall noch Schneehäufchen. Die Schwalben klapperten vor Kälte mit den Zähnen, aber weil sie die Reise nun einmal gemacht hatten, spielten sie ihre Rolle weiter und fuhren fort, ihre Kreise zu ziehen und aus vollem Hals zu zwitschern, als wäre es schon Frühling.

Die kleinen Würmchen, die noch zwischen der faltigen Rinde des großen Apfelbaums schliefen, begannen aufzuwachen und ihre Köpfe herauszustrecken. Ist das aber ein kalter Frühling dieses Jahr, sagten sie. Aber es blieb ihnen kaum Zeit sich umzusehen, da kam schon eine Schwalbe und hatte den Happen in einem Biß gefressen.

Hunderte von kleinen Würmchen nahmen solch ein schlimmes Ende wegen der vierundzwanzig Schwalben, die einen falschen Frühling inszeniert hatten. Einige Larven legten sogar ihre Flügel an und verwandelten sich in Schmetterlinge, aber sie waren sehr betroffen als sie merkten, daß es auf der Wiese keine einzige Primel gab, ja nicht einmal ein Veilchen oder eine Narzisse. Und das soll ein Frühling sein, sagten die Schmetterlinge schaudernd und versuchten, in ihre Löcher zurückzuschlupfen, aber jetzt wo sie Flügel hatten, paßten sie nicht mehr hinein. Viele Schmetterlinge bekamen Lungenentzündung und mußten ins Krankenhaus. Die vierundzwanzig Schwalben, die aus dem warmen Afrika gekommen waren, bekamen auch Lungenentzündung und mußten alle ins Krankenhaus und blieben dort bis zu den ersten Sonnentagen im Mai.

Der Zugentführer

Der Zugentführer warf die Zigarettenkippe aus dem Abteilfenster des fahrenden Eiltriebwagens. Er ergriff die Aktentasche, die er neben sich auf dem Sitz hatte, und begab sich den Gang entlang zur Spitze des Zugs. Als er vor der kleinen Durchgangstür zum Fahrerabteil stand, klopfte er leise an. Nach wenigen Sekunden öffnete sich die Tür und es erschien ein junger Bursche mit einer Eisenbahnermütze. Der Zugentführer versetzte ihm einen Stoß, drang in das Fahrerabteil ein und stieß die Tür mit einem Tritt hinter sich zu. Dann entnahm er der Aktentasche einen Trommelrevolver und richtete ihn auf den Lokführer und seinen Assistenten.

»Dies ist eine Zugentführung!«

Die beiden sahen ihn entgeistert an.

»Nach Viadana!« sagte der Zugentführer.

»Wohin?« fragte der Lokführer.

»Schwenkt nach Viadana ab oder ich schieße!«

»Aber wir befinden uns im Eilzug Bologna–Mailand!«

»Eben. Statt nach Mailand zu fahren befehle ich euch nach Viadana abzuschwenken, wo meine Tante wohnt!«

»Das geht nicht. Der Zug fährt dorthin, wohin ihn die Schienen führen.«

»Keine Widerrede!« sagte der Zugentführer, »entweder ihr schwenkt nach Viadana ab oder ich schieße!«.

»Das geht nicht.«

»Hände hoch!«

Die beiden ließen ihre Schaltknöpfe los und hoben die Hände. In diesem Moment warf der junge Bursche mit der Eisenbahnermütze, der die Tür geöffnet hatte, sich über den Zugentführer und riß ihm die dicke Pistole aus der Hand. Die beiden anderen hielten ihn fest und schlugen ihm ein paarmal hinter die Ohren. Dann fesselten sie ihn mit einem starken Strick.

So kam es, daß der Eilzug Bologna–Mailand nicht nach Viadana abschwenkte, sondern auf der direkten Strecke weiterfuhr und Mailand anstandslos erreichte.

Die Passagiere hatten nichts gemerkt. Der Entführer wurde der Polizei übergeben, die ihn ins Gefängnis setzte. Nach wenigen Tagen wurde er im Eilverfahren abgeurteilt.

Das Loch im Dach

Während die Schildkröte sich ihrem Winterschlaf hingab, d. h. in Lethargie verharrte, bohrte ein frecher Holzwurm ein Loch ins Dach ihres Gehäuses. Im Frühling erwachte die Schildkröte und machte sich ausgehungert auf die Suche nach Lattich- und Kresseblättern. Eines Tages wurde sie vom Regen überrascht und merkte, daß ihr Dach undicht war. Sie mußte sich unter einen Baum flüchten, damit ihr Rücken nicht naß wurde. Am liebsten hätte sie geflucht, aber sie wußte, daß Flüche nicht helfen, Löcher im Dach zu stopfen.

Von diesem Tag an verbrachte die Schildkröte ihre Zeit damit, Holzwürmer zu jagen. Sogar in herumliegenden Hölzern, unter Steinen und zwischen den Blättern des Waldbodens stöberte sie welche auf. Doch wenn es regnete, wurde ihr Rücken auch weiterhin naß.

Eines Tages hatte die Schildkröte wieder einen Holzwurm erwischt und wollte ihn gerade fressen, als er ihr anbot, sich in das Loch zu setzen und es an Regentagen zu verstopfen. Die Schildkröte verschonte sein Leben und ging seit jenem Tag mit einem Holzwurm auf dem Dach herum. Kaum fing es zu regnen an, schlüpfte er in das Loch und verschloß es wie ein Stöpsel. Vor lauter Naßwerden bekam der Holzwurm Rheumatismus, aber im Winter, wenn die Schildkröte in Lethargie verfiel, flüchtete er ins Gebälk einer Küche, wo er durch die Wärme wieder gänzlich genas.

Das Loch in der Decke

Ein armer alter Mann war gezwungen, in seiner Hütte im Bett zu liegen, da er nicht nur alt war, sondern auch krank. Die Nachbarn brachten ihm ab und zu etwas zu essen und leisteten ihm Gesellschaft, aber sie hatten alle wenig Zeit, und der Alte war viele Stunden des Tages allein. Vom Bett aus betrachtete er die Decke seiner Hütte, aber die war nicht besonders interessant. Er kannte bereits alles auswendig – die Wasserflecken, die Wurmlöcher in den Balken und die abgebröckelten Stellen im Verputz.

Eines Tages stand der Alte auf und schaffte es mit großer Anstrengung, ein Loch in die Decke zu machen, so daß er von seinem Bett aus ein Stückchen Himmel sehen konnte. Wenn er Glück hatte, konnte er tagsüber auch ein Flugzeug oder einen Vogel sehen. Eines Tages sah er ein Reklameluftschiff und war glücklich. Vor allem aber war ihm das Loch während der schlaflosen Nächte sehr dienlich, denn es gestattete ihm, die Sterne zu sehen.

Eines Tages bemerkte eine Nachbarin, die gekommen war, um ein wenig mit dem Alten zu plaudern, daß das Stückchen Himmel, das man durch das Loch sehen konnte, auch dann blau war, wenn der Himmel draußen mit Wolken bedeckt und vom Sturm verfinstert war. Sie sagte es niemandem, aus Furcht, man könnte glauben, der Alte sei ein Heiliger. Der Alte war gekränkt, und um sie zu ärgern, begann er Wunder zu wirken.

Papirone war von Beruf Maler, aber er wußte nie, was er malen sollte. Er sagte, es sei bereits alles gemalt worden, und verbrachte deshalb seine Tage mit einem Pinsel in der Hand vor der Leinwand, ohne etwas zu malen. Eines Tages kam er auf die Idee, Klänge zu malen.

»Jeder Klang hat eine Form«, sagte Papirone, und begann Rhomben, Kuben, Kegel, Ellipsen, Pfeile, Hörner und Farbtöne zu malen.

»Bestimmte Klänge steigen auf wie Säulen«, sagte er, andere entwickeln sich schraubenförmig, wieder andere breiten sich aus wie Rauchwolken, einige sind schwarz, andere rot oder weiß oder grau, hellblau, dunkelblau, braun, grün, schwärzlich, bläulich und so fort. Manche Klänge sind weich, andere hart wie Stahl.

Papirone wechselte von der Malerei zur Bildhauerei über, weil er gemerkt hatte, daß die meisten Klänge – auch wenn einige von ihnen flach und dünn sind wie Papier – sich nur durch feste Körper darstellen lassen – geometrische oder andere.

Täglich ging Papirone mit gespitzten Ohren umher, und wenn er einen Klang hörte, machte er sich Notizen in sein Merkheft, aber manchmal produzierte er die Klänge auch in seinem Atelier und modellierte dann die entsprechende Form.

Eines Tages setzte Papirone sich in den Kopf, daß er zuerst die Skulptur und dann den entsprechenden Klang machen mußte, weil ein wahrer Bildhauer kein Modell haben darf, sondern alles neu erfinden muß. Er schuf eine bis ins Kleinste hinein makellose Kugel. Es gelang ihm dann aber nicht, den entsprechenden Klang zu finden, und er hat ihn sein ganzes Leben hindurch weiter gesucht.

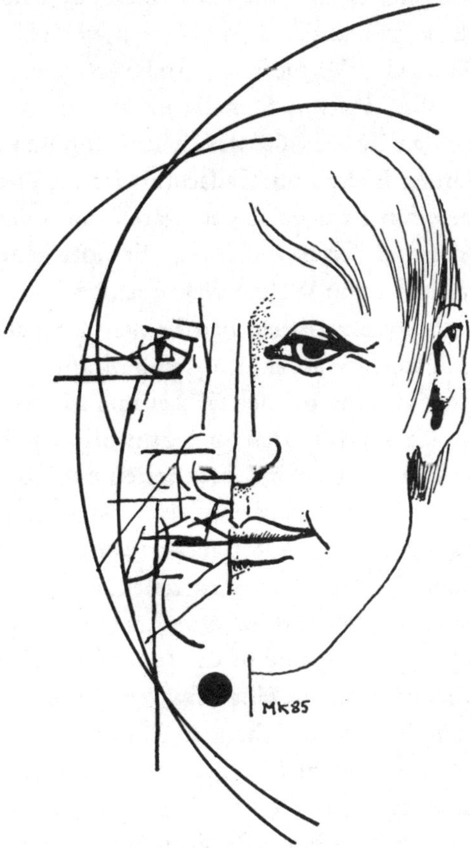

Bob im afrikanischen Viertel

Bob begann an der Piazza Vescovio in Richtung afrikanisches Viertel zu laufen. Er überquerte im Laufschritt Straßen und Plätze mit Namen wie Asmara, Libia, Giarabub, Mogadiscio, Amba Aradam, Addis Abeba, Adua, Eritrea, Somalia u.s.w. – alles Namen also, die den Leuten, die das lieber vergessen hätten, einen fernen Erdteil ins Gedächtnis riefen, in den die Italiener einmal eingedrungen waren, um dort Krieg zu führen und der Bevölkerung, die dort lebte, diese Gebiete, Städte und Wälder wegzunehmen.

Bob schlüpfte zwischen den Beinen der Fußgänger durch, schlängelte sich an Autos und Motorrädern vorbei, rannte im Schatten der Häuser und Mietskasernen unbeirrt die asphaltierten und zementierten Bürgersteige entlang, lief über Zebrastreifen und überquerte Kreuzungen bei Rot, wobei er zwei- oder dreimal fast unter die Räder eines Autos geraten wäre. Der Asphalt glühte und die Häusermauern reflektierten die Hitze der Sonne. Bob lief und lief ohne anzuhalten, als hätte er eine Verabredung und fürchtete zu spät zu kommen. Wohin läuft er nur so eilig? fragten sich die anderen Hunde aus der Nachbarschaft, die ihn kannten.

Bob kam an einem Metzgerladen vorbei, in dessen Schaufenster frisches Fleisch auslag, aber er blieb nicht stehen. Er kam an einer Eisdiele vorbei, und obwohl er wahnsinnig gern Eis aß, blieb er nicht stehen. Er blieb nicht einmal stehen, als er auf dem Bürgersteig gegenüber eine kleine Freundin sah, die mit dem Schwanz wedelte, um ihn zu begrüßen.

Bob bog in eine Straße ein, die Via Senafé hieß, ein Name, der ihn an Senf und Kaffee erinnerte, zwei Dinge, die er überhaupt nicht mochte. Er durchlief die ganze Straße bis hin zu einem aufgegrabenen Grundstück, auf dem Betonmischmaschinen an- und abfuhren, um das Fundament für eine weitere dieser Mietskasernen zu legen, die im afrikanischen Viertel aus dem Boden schossen. Mitten auf dem Grundstück stand ein staubiges Bäumchen, das schon ganz krank war von all dem Teer und Zement, den man um es herum aufgeschichtet hatte, und das ganz sicher für ein böses Ende bestimmt war.

Bob ging zu dem Baum, der wahrscheinlich der einzige Baum im ganzen Viertel war, hob seine Hinterpfote und machte Pipi.

Die Höhlenmenschen waren es leid, immer in der Vorgeschichte zu leben, und hatten beschlossen, den Fortschritt und die Zivilisation zu fördern. Am Tag der öffentlichen Audienz hatte der Häuptling alle Hände voll zu tun. Er mußte die Höhlenbewohner empfangen, die Pilze gekostet hatten und nicht daran gestorben waren, und mußte entscheiden, welche Pilze fortan als genießbar gelten sollten. Andere Höhlenbewohner hatten Pflanzen gegessen, um herauszufinden, ob der Mensch ein Pflanzenfresser sei, wieder andere hatten Fleisch gegessen, um herauszufinden, ob er ein Fleischfresser sei. Weiter wurden Höhlenbewohner empfangen, die neue Geräte erfunden hatten zum Kartoffelschälen, Käsereiben, Bohnenkochen und Hemdenbügeln. Für jeden hatte der Häuptling ein Wort der Anerkennung oder Ermunterung, und denjenigen, die ihm besonders verdienstvoll erschienen, verlieh er einen Preis.

Als letzter in der Reihe erschien ein Höhlenbewohner, der eine besondere Erfindung vorstellen wollte: ein rundes Ding mit einem Loch in der Mitte.

»Was ist das?« fragte der Häuptling.

»Das ist ein Rad.«

»Und wozu dient es?«

»Um einen Wagen mit Rädern zu bauen.«

Der Häuptling wußte nicht, was er dazu sagen sollte. Er berief eine Kommission von Weisen, die das Rad in Augenschein nahmen, es betasteten und auf einer Achse kreisen ließen, und dann alle zusammen anfingen zu lachen. Auch der Häuptling fing an zu lachen.

»Das Rad dient zu gar nichts«, entschied er schließlich und schickte den Höhlenbewohner, der es erfunden hatte, wieder fort.

So kam es, daß die Höhlenmenschen weitere tausend Jahre lang das Rad nicht benützten – zum großen Schaden des Fortschritts und der Zivilisation.

Die Sprache der Fische

Prosperone hatte jahrelang die Sprache der Vögel studiert und dabei viele interessante Entdeckungen gemacht. Zum Beispiel, daß viele Vögel mit dialektalem Tonfall singen, der sich von Land zu Land verändert. Ein österreichischer Fink singt mit ganz anderem Tonfall als ein preußischer Fink, und eine kanadische Amsel drückt sich ganz anders aus als eine sizilianische oder eine neapolitanische. Mit Hilfe besonderer akustischer Apparate gelang es Prosperone sogar, den Gesang einer romagnolischen Turteltaube von dem einer emilianischen zu unterscheiden.

Seine Forschungen über die Sprache der Vögel machten in jeder Hinsicht gewinnbringende Fortschritte. So brachte er eines Tages zwei Truthähne in die Sprachuniversität und verglich das Glucken des europäischen Truthahns mit dem des indischen. Damit leistete er einen entscheidenden Beitrag zur Lösung verschiedener diffiziler Probleme bei der Aussprache des Sanskrit.

In Schwierigkeiten geriet er erst an dem Tag, an dem er beschloß, sich mit dem Federvieh im alten Rom zu befassen. Wie krähten die römischen Hähne? In Latein? Das war keine müßige Frage, sie warf vielmehr ein gänzlich neues Problem auf, da es im Lateinischen keine Wörter gibt, die auf dem letzten Buchstaben betont werden. Wie machten es also die Hähne im alten Rom, wenn sie ihr Kikeriki rufen wollten? Und was für einen Sinn hätte dieser Ruf, wenn ihm seine Betonung auf dem letzten ›i‹ genommen würde? Sollte es etwa Kikerícki heißen? Nein, das ging nicht an.

Prosperone forschte noch jahrelang weiter, in der Hoffnung, eines Tages in einem lateinischen Text das Krähen der Hähne wiedergegeben zu finden. Er fand aber nichts. Schließlich war er durch seinen Mißerfolg so verbittert, daß er beschloß, sich fortan nicht mehr mit Vögeln zu befassen, sondern nur noch die Sprache der Fische zu studieren.

Giovannones Erbe

Bei der Eröffnung des Testaments von Giovannone, der ein berühmter Komiker gewesen war, erfuhren seine drei Söhne, daß er ihnen seine Grimassen, seine Lieder, sein Gähnen und sein Lachen vererbte und all die Gesten, die ihn auf der Bühne berühmt gemacht hatten. Peppino und Pasqualino überließen das gesamte Erbe ihrem Bruder Robertino, der Schauspieler werden wollte wie der Vater.

Robertino trat mit dem von seinem Vater hinterlassenen Repertoire von Grimassen, Liedern, Gähnern und Lachern auf den Bühnen der Theater auf, aber statt zu applaudieren, warf das Publikum eine Menge Tomaten und faule Eier nach ihm. Ich versteh' das nicht, sagte Robertino, entweder hat sich der Geschmack des Publikums geändert oder die Zuschauer stellen heute viel größere Ansprüche als zur Zeit meines Vaters.

Eines Abends, als ein faules Ei ihn mitten ins Auge traf, wurde Robertino sehr zornig und begann, die Zuschauer zu beschimpfen und ihnen zu sagen, sie wären kulturlose Schweine und hirnlose Hühner. Als die Zuschauer merkten, daß sie beschimpft wurden, fingen sie an zu lachen und zu klatschen und der Abend schloß mit einem großen Erfolg. Robertino nahm das Repertoire von Grimassen, Liedern, Gähnern und Lachern, das sein Vater ihm vererbt hatte, und steckte es in ein Testament, um es seinen Kindern zu vermachen, falls er sich eines Tages dazu entschlösse zu heiraten und Kinder zu haben, und falls diese Kinder gern Schauspieler werden würden und dem Publikum dann die Grimassen, Lieder, Gähner und Lacher wieder gefielen.

Das schamhafte Schwein

Unter den Schweinen des Bauernhofs war eins, das schrecklich gern ein richtig dichtes und glänzendes Fell wie die Hunde und Katzen gehabt hätte, und das sich entsetzlich schämte, weil es nur wenige stachlige Borsten besaß. Wenn es einem Hund oder einer Katze begegnete, wurde es ganz rot vor Scham und rannte fort, um sich zu verstecken. Die anderen Schweine schämten sich überhaupt nicht wegen ihrer Borsten und niemand machte sich über sie lustig, aber wenn die Hunde und Katzen das Schwein erblickten, das sich einen Pelz wie ihren wünschte, liefen sie ihm nach und lachten es aus. Sogar die Hühner schnitten ihm Grimassen. Das arme Schwein wußte nicht mehr aus noch ein und hätte sich gewünscht, daß auch seine Kameraden sich schämten, aber die spazierten seelenruhig mit ihren paar stachligen Borsten umher.

Unser Schwein suchte den Ältesten des Schweinestalls auf, um ihm sein Problem darzulegen. Der Alte erklärte ihm, daß die Hunde, Katzen und Hühner es nur deshalb verspotteten, weil es sich schämte. Das Schwein antwortete, daß die Dinge anders lägen, und daß es sich nur deshalb schämte, weil die anderen es verspotteten.

»Schau dir deine Kameraden an«, sagte der Alte, »auch ihre Haut ist von wenigen Borsten bedeckt wie deine, aber niemand verspottet sie deshalb. Und warum? Weil sie sich nicht schämen.«

Das Schwein übte nun, mit hoch erhobenem Kopf zwischen den Hunden, Katzen und Hühnern herumzugehen, wobei es hie und da mit den Ohren klatschte um seine Wichtigkeit kundzutun. Als die anderen es umringten, um ihm die üblichen Grimassen zu schneiden, blickte es um sich und lachte ihnen ins Gesicht. Als die Hühner herbeikamen und auf ihm herumhackten, um es zu ärgern, fing es an zu lachen und sagte, daß es so kitzlig sei.

Nach einer Weile ließen die Hunde, Katzen und Hühner das Schwein in Ruhe. Es machte ihnen keinen Spaß mehr, es zu verspotten, seit es nur noch lachte statt sich zu ärgern.

Paolino hatte von der Zukunft reden hören. Was ist das, die Zukunft? Etwas, das noch kommen muß. Und wann kommt es? Es kommt schon, du brauchst nur zu warten. Aber woran soll ich sie erkennen? Das ist schon schwieriger, denn wenn sie da ist, ist sie nicht mehr Zukunft, sondern Gegenwart.« »Wenn ich gut aufpasse und sie kommen höre – ist das dann die Zukunft?« »Wenn du sie kommen hörst, ja – das ist dann die Zukunft.«

Paolino setzte sich auf einen Stuhl und begann zu warten, aber alle um ihn herum – seine Eltern, seine Verwandten und die Freunde seiner Eltern und Verwandten – störten ihn sehr dabei. Darum nahm er seinen Stuhl und stellte ihn auf den Speicher. Dort war es sehr still. In einem bestimmten Moment schien es ihm, als höre er leichte Schritte – das mußte die nahende Zukunft sein. Er drehte sich um und sah ein Mäuschen. »Bist du vielleicht die Zukunft?« Das Mäuschen fing an zu lachen.

»Ich bin ein Mäuschen. Siehst du nicht, daß ich ein Mäuschen bin?«

Seine Eltern mußten ihm das Essen auf den Speicher bringen, denn Paolino wollte seinen Platz nicht verlassen, bevor er die Zukunft nicht hatte kommen sehen.

Jetzt, viele Jahre später, sitzt Paolino noch immer da und wartet. Er ist jetzt groß und kein Kind mehr, viele Jahre sind vergangen, und er hat einen dichten und sehr langen Bart. Er hat nichts Gutes und nichts Böses in seinem Leben getan – er hat es bei seinem Warten auf die Zukunft nur nahezu ganz verbraucht.

Die Karotte und die Zwiebel

Die Karotte war äußerst neidisch auf die Zwiebel. Wegen mir weint nie jemand, sagte sie. Man schneidet mich in Stückchen und Scheibchen, man schält mich, röstet mich und reibt mich, man plagt mich auf alle Arten und Weisen – aber noch nie hat jemand meinetwegen geweint. Oder habt ihr schon einmal jemand wegen einer Karotte weinen sehen? Nicht, daß den Zwiebeln ein besseres Los beschieden wäre als den Karotten – auch sie werden geschabt, gekocht, geröstet, gebraten, gebacken und sogar roh im Salat gegessen – aber wenigstens werden sie von allen beweint. Es gibt keinen Koch und keine Köchin, die nicht feuchte Augen bekämen, wenn sie eine Zwiebel schälen. Was ist an der Zwiebel bloß dran, daß sie so viel Mitleid erregt?

Die Karotte war wütend auf die Zwiebel, aber sie sagte nichts, denn sie wußte, daß sie ihr unausweichlich in Pfannen und Suppentöpfen und an hundert anderen Orten begegnen würde. Auch im Gemüsegarten mußten sie nebeneinander stehen. Die Karotte war weiterhin sehr niedergeschlagen, d. h. sehr neidisch, und wurde nahezu rot vor Wut.

Die Träume des Kellners

Sandrone war Kellner in einem Restaurant nahe der Piazza Garibaldi. Es gibt in allen Städten eine Piazza Garibaldi, und es gab auch in der Stadt eine, in der Sandrone wohnte. In seinen Arbeitsstunden tat Sandrone nichts anderes als zwischen den Tischen und der Küche hin und herzulaufen und sich die Beschwerden der Gäste, des Kochs und des Wirts anzuhören. Abends ging er müde und gereizt zu Bett und träumte die ganze Nacht lang. Aber statt lustige und erholsame Träume zu träumen, befand er sich im Traum leider immer noch im Restaurant und mußte sich die ganze Nacht hindurch die Beschwerden der Gäste, des Kochs und des Wirts anhören. In der Nacht hatte Sandrone zuweilen den Mut sich zu wehren und die Gäste, den Koch und sogar den Wirt zu beschimpfen.

Wenn Sandrone morgens aufstand, war er erschöpfter als abends, wenn er nach einem anstrengenden Arbeitstag nach Hause kam. Ist es denn möglich, sagte er, daß ich nie ein wenig andere Träume haben kann? Ich arbeite den ganzen Tag lang und dann muß ich auch noch in der Nacht arbeiten. Er erklärte die Sache seinem Wirt und sagte, daß ihm der doppelte Lohn zustünde, weil er auch nachts arbeite. Der Wirt lachte ihm ins Gesicht und sagte, er könne im Grunde froh sein, auch im Traum noch mit seinen Gästen, dem Koch und vor allem mit einem Wirt wie ihm zusammenzusein.

»Nicht unbedingt«, sagte Sandrone.

Der Wirt wurde wütend und warf ihm einen Haufen Schimpfwörter an den Kopf. Sandrone träumte wieder von dem Wirt, aber diesmal versetzte er ihm Faustschläge und richtete ihn so übel zu, daß er ins Krankenhaus mußte. Er hatte sich indes geirrt: statt im Traum zu sein, wie er glaubte, befand er sich in der Wirklichkeit, und der Wirt bezog tatsächlich einen Sack voll Schläge und mußte tatsächlich ins Krankenhaus.

Als Luigione Geburtstag hatte kam Carlone mit einer Eidechse in einem kleinen Käfig. Carlone war Luigiones bester Freund und brachte ihm diese Eidechse als Geschenk. Es war eine wunderschöne Eidechse einer besonderen Rasse, und Carlone ermahnte ihn, gut für sie zu sorgen und sie immer im Haus zu halten. Luigione sagte, daß er sie wie eine Tochter behandeln würde. Als Luigiones Frau Geburtstag hatte, kam Carlone wieder mit einem Geschenk in Gestalt einer gestreiften Katze, und auch diesmal ermahnte er ihn, gut für sie zu sorgen.

Die Ermahnungen waren überflüssig, denn Luigione und seine Frau hatten keine Kinder und waren sehr tierlieb. Sie hielten die Eidechse und das Kätzchen immer im Haus und sorgten gut für die Tiere, die mittlerweile angefangen hatten zu wachsen und unaufhörlich weiterwuchsen.

»Sieh nur, wie sie wachsen«, sagte Luigione.

Seine Frau war sehr glücklich darüber, daß die Eidechse zur größten Eidechse herangewachsen war, die sie je gesehen hatte. Auch das Kätzchen war dabei, zur größten Katze heranzuwachsen, die sie je gesehen hatten.

Eines Tages näherte sich die Eidechse Luigiones Frau, die gerade barfuß ging, und biß ihr einen Zeh ab. Die Ärmste schrie auf vor Schmerz und begab sich ins Krankenhaus, um sich verbinden zu lassen.

An einem anderen Tag biß das Kätzchen, das inzwischen ein fast meterlanger Kater geworden war, Luigione beim Spielen ein gehöriges Stück Ohr ab.

»Was ist nur in unsere Tiere gefahren?«, sagten Luigione und seine Frau, »wir ziehen sie mit aller Sorgfalt groß als wären es unsere Kinder, und sie versuchen uns aufzufressen.«

Eines Tages kam ein Freund zu Besuch und ergriff entsetzt die Flucht. Luigione und seine Frau rannten ihm nach und fragten ihn, warum er solche Angst vor einer Eidechse und einer Katze hätte. Der Freund sah sie fassungslos an.

»Aber das ist doch ein Krokodil«, sagte er, »und das andere ist ein Tiger!«

Luigione und seine Frau kauften zwei Käfige und brachten das Krokodil und den Tiger in den Zoo. Seit jenem Tag war ihre Freundschaft mit Carlone, der ihnen die Tiere geschenkt hatte, nicht mehr das, was sie einmal gewesen war.

Es war einmal ein König und eine Königin, die hatten zwölf Kinder, allesamt Söhne. Der König sagte zu seiner Frau, also zur Königin, daß, wenn das dreizehnte Kind, das in Kürze geboren werden sollte, eine Tochter sein würde, die zwölf Söhne – Gott weiß, warum – alle miteinander sterben müßten. Könige haben zuweilen seltsame Ideen, aber es war nun einmal so beschlossen, und was Könige im Märchen beschließen, das steht unwiderruflich fest.

Der König ließ zwölf kleine Särge schreinern und in ein Zimmer stellen, das für alle verschlossen war. Dann gab er der Königin, also seiner Frau, den Schlüssel und befahl ihr, niemandem etwas zu sagen.

Benjamin, der jüngste der zwölf Söhne, war bei seiner Mutter, die immer so traurig war.

»Warum bist du so traurig?«, fragte er sie.

»Das kann ich dir nicht sagen.«

Aber er drang so sehr in sie, daß sie ihn schließlich in das verbotene Zimmer führte und ihm die zwölf Särge zeigte.

»Diese Särge hat dein Vater für dich und deine Brüder bestellt. Wenn ein Mädchen zur Welt kommt, dann seid ihr verurteilt zu sterben, auf Befehl eures Vaters.«

Benjamin lief zu seinen Brüdern, um mit ihnen zu sprechen, und gemeinsam beschlossen sie, von zu Hause fortzulaufen und sich im Wald zu verstecken. Doch bevor sie fortliefen, vereinbarten sie mit ihrer Mutter, daß einer von ihnen auf den höchsten Baum klettern würde um Ausschau zu halten; käme ein Junge zur

Welt, dann wollte die Mutter auf dem Schloßturm eine weiße Fahne hissen. Käme aber ein Mädchen zur Welt, dann wollte sie eine rote Fahne hissen, und das sollte bedeuten, daß die zwölf Brüder so schnell wie möglich so weit wie möglich fortlaufen müßten.

Die Knaben gingen in den Wald. Sie kletterten abwechselnd auf die höchste Eiche und beobachteten den Schloßturm. Am zwölften Tag war Benjamin an der Reihe. Plötzlich sah er, wie das Fenster im Turm sich öffnete. Jemand war im Begriff, die Fahne herauszuhängen und hängte sie auch wirklich heraus. Gottseidank war sie weiß und verkündete den Knaben, daß sie ein weiteres Brüderchen bekommen hatten und folglich nach Hause zurückkehren konnten. Das Märchen schloß diesmal verfrüht und ersparte dadurch den Brüdern eine Menge Unannehmlichkeiten.

Die Streifen des Zebras

Es war einmal ein Zebra, das sich sehr schämte wegen seiner schwarzen Streifen und lieber ein Pferd gewesen wäre. Das Zebra lebte in einem Käfig im Zoo, und wenn die Sonne schien, legten sich die Streifen der Gitterstäbe über die Streifen seines Fells. So erschien es manchmal mit doppelten Streifen, aber sobald die Sonne am Zenit stand und es sich querstellte, formten die Streifen der Gitterstäbe zusammen mit seinen eigenen lauter kleine Quadrate. War es ihm schon peinlich, mit gestreiftem Fell zu erscheinen, so versetzte das karierte Fell es in wahrhaft tierische Wut. Es begann dann gröhlende Laute von sich zu geben und erschreckte damit die Menschenscharen, die den Zoo bevölkerten um zu gaffen. Eines Tages, als das Zebra ein Pferd mit leuchtend goldenem Fell vorbeigehen sah, begann es zu weinen und weinte einen ganzen Tag und eine Nacht lang.

Das Zebra war sehr niedergeschlagen und begann deshalb eines Tages mit seinen Nachbarn zu plaudern, während es zuvor stets abweisend und einzelgängerisch gewesen war. Es entdeckte, daß die Giraffe sich wegen ihres langen Halses giraffenartig schämte, daß das Nilpferd mit seinem viereckigen Maul nicht zufrieden war, daß der Kranich lieber nicht so spillerige Beine gehabt hätte und darum bei jeder Gelegenheit eins unter dem Flügel versteckte, daß die Seehunde lieber keinen Schnurrbart gehabt hätten, daß der Adler die Nachtigall um ihre Stimme beneidete, daß der Leopard den Tag damit verbrachte, sein Fell abzuschlecken, in der Hoffnung, daß seine Flecken verschwinden würden, daß die Schlangen voller Komplexe waren, weil sie keine Beine hatten, daß der Elefant sich schämte, weil er den Schwanz an der Stelle der Nase trug. Kurz und gut, es gab im ganzen Zoo kein Tier, das mit sich zufrieden gewesen wäre.

Das Zebra stützte sein Kinn auf die Knie und konzentrierte sich auf seine schwarzen Streifen. Nach langem Nachdenken kam es zu dem Schluß, daß es leider kein weißes Tier mit schwarzen Streifen, sondern ein schwarzes Tier mit weißen Streifen war. Dann ist es viel besser, ein gestreiftes Tier zu sein, als nur ein schwarzes, sagte es sich. In diesem Augenblick hatte es seinen Seelenfrieden gefunden und trug nun seine weißen Streifen mit großer Lässigkeit.

Köpfe und Füße

Toti war ein sehr wohlerzogener und folgsamer Hund. Er bewachte das Haus, vertrug sich gut mit den Kindern, gab seinen Herrschaften die Pfote, war befreundet mit der Katze und konnte die Diebe von den Tagelöhnern unterscheiden, die zur Arbeit auf den Hof kamen. Das einzige, was er nicht kann, ist Sprechen, sagten seine Besitzer. Aber Toti hatte einen Fehler: er fraß leidenschaftlich gern Hühner. Als er einmal mit ein paar jungen Hühnchen auf der Tenne spielte, hatte er aus Versehen eins gekostet, und es hatte ihm ausgezeichnet geschmeckt. Von jenem Tag an geschah es ab und zu, daß Toti ehe er sich's versah schwuppdiwupp ein Huhn gefressen hatte. Seine Herrschaften machten ihm große Vorwürfe, und es gelang ihnen schließlich ihn davon zu überzeugen, daß er die Bewohner des Hühnerstalls in Ruhe lassen mußte. Toti war ein wohlerzogener und folgsamer Hund, und wenn er fortan ein Huhn sah, drehte er sich um und tat als hätte er nichts gesehen.

Auch Totis Herrschaften aßen gern Hühner. Von Zeit zu Zeit schlachteten sie eins und verzehrten es gekocht, gebraten, geschmort oder auf Jägerart zubereitet. Die einzigen Teile, die Totis Herrschaften nicht aßen, waren die Köpfe und die Füße, und so geschah es eines Tages, daß sie sie nicht in den Mülleimer warfen, sondern sie ihm zum Abendessen gaben. Toti war glücklich und leckte sich den Schnurrbart. Dann begann er, ein paar Überlegungen anzustellen. Während einiger Tage lag er viele Stunden lang ausgestreckt auf dem Rasen und bemühte sich, seine Zweifel darüber zu klären, was im Bezug auf Hühner gestattet sei und was nicht. Endlich kam er zu dem Schluß, daß man Hühner nicht fressen sollte, daß man aber sowohl ihre Köpfe als auch ihre Füße fressen dürfe.

Toti verlor keine Zeit. Er ging in den Hühnerstall und biß allen Hühnern die Köpfe und Füße ab und ließ den Rest liegen, denn er war ein sehr wohlerzogener und folgsamer Hund.

Es war einmal eine Wanze, die mit verstopften Nasenlöchern herumging, weil sie ihren eigenen Gestank nicht ertrug. Wanzen stinken bekanntlich von Natur aus, aber diese Bedauernswerte konnte sich nicht damit abfinden. Sie schämte sich wegen ihres Gestanks und ging niemals alleine aus, weil sie hoffte, alle würden ihren Kameradinnen den Gestank zuschreiben. Als diese das merkten, waren sie äußerst gekränkt und wollten nichts mehr mit ihr zu tun haben. So kam es, daß die Wanze sich plötzlich allein und verlassen sah.

Die arme Wanze wusch sich mit Wasser und Seife, aber der Gestank verschwand nicht, denn es war ein natürlicher Gestank. Sie parfümierte sich, aber der Gestank war stärker als jedes Parfum. Da ging sie zu einem Stinktier und borgte sich ein wenig von seinem Gestank. Da sagten alle, wie seltsam, eine Wanze, die wie ein Stinktier stinkt! Auch ihre Freundinnen, die sie verlassen hatten, sagten, wie seltsam!

Wie seltsam, wie seltsam – doch unterdessen war die Wanze glücklich und zufrieden und ging aus ohne sich zu schämen und ohne sich die Nase zu verstopfen.

Die Geschichte der Welt von ihren Anfängen bis in unsere Tage

Bringt euch alle in Sicherheit – die Welt geht aus den Fugen. Alle suchten sich ein wohlgeschütztes Plätzchen und die Welt wurde von einer großen Explosion erschüttert, bei der Sterne wie die Sonne und Planeten wie die Erde entstanden.

Anfänglich lebte der Mensch im Wasser, besaß Flossen und einen Schwanz wie ein Kabeljau und war ein Freund der Fische. Dann stieg er aus dem Wasser und begann auf der Erde herumzukriechen wie eine Schlange. Dann lernte er, auf zwei Beinen zu stehen, und die neidische Schlange ließ ihn den Apfel essen und aus dem irdischen Paradies vertreiben. Der Mensch war gekränkt und wurde ihr Feind. Er schloß Freundschaft mit dem Affen und lernte viele Dinge von ihm – wie man auf Bäume klettert, Nüsse ißt und in der Nase bohrt.

Im Lauf der Jahrhunderte lernte der Mensch Lesen, Schreiben und Radfahren. Er schrieb viele Bücher von wahrer und von erfundener Geschichte, aber alle sollten sie die Geschichte der Welt von ihren Anfängen bis in unsere Tage, das heißt vom Anfang bis zum Ende sein. Nach dem Fahrrad und den Büchern kamen die Autos, die Flugzeuge und die Bombe. Die Welt wurde unerträglich, und der Mensch bereitete sich darauf vor, wieder ein Kabeljau zu werden. Alle fingen an, sich ein wohlgeschütztes Plätzchen zu suchen, in Erwartung der bevorstehenden Explosion.

MATTHIAS KOEPPEL, geboren 1937 in Hamburg.
Seit 1981 Professor für Malen und Zeichnen im Fachbereich Architektur der Technischen Universität Berlin. Lebt in Berlin.

Wagenbachs *neue* Taschenbücher

LUIGI PIRANDELLO

Feuer ans Stroh

Sizilianische Novellen

Luigi Pirandello gehört mit Lampedusa und Sciascia zu den bedeutendsten Erzählern der sizilianischen Literatur. Dieser Band stellt die schönsten Geschichten Pirandellos über seine Heimat und ihre Bewohner vor.

WAT 282. 240 Seiten

MIGUEL DELIBES

Fünf Stunden mit Mario

Roman

Über die Idealisierung in der Ehe: Doña Carmen nimmt Abschied von ihrem Mann, mit wilden Zornesausbrüchen und zarten Liebeserklärungen.

Aus dem Spanischen von Fritz Rudolf Fries

WAT 284. 288 Seiten

NATALIA GINZBURG

Valentino

Ein Roman und fünf Erzählungen

Der Roman ›Valentino‹ und die fünf Erzählungen sind meisterhafte Beispiele für Natalia Ginzburgs charakteristischen Stil und ihre großen Themen: wie langweilig ist das klassische Rollenverhältnis – und wie spannend.

Aus dem Italienischen von Maja Pflug

WAT 286. 128 Seiten

PIER PAOLO PASOLINI

Petrolio

Roman

»Petrolio ist der modernste Roman eines der größten Verächter der Moderne, ein beunruhigend schillernder Findlingsblock.« Wolfram Schütte, *Frankfurter Rundschau*

Aus dem Italienischen von Moshe Kahn

WAT 287. 720 Seiten

ERICH FRIED

Beunruhigungen

Gedichte

»Frieds Gedichte suchen Gemeinschaft auch dort, wo sie von Einsamkeit berichten. Es sind die Gedichte eines wahrhaft demokratischen Menschen.« Hans Mayer

WAT 292. 96 Seiten

EMMANUEL CARRÈRE

Der Schnurrbart

Roman

Ein Verwirrspiel um Liebe und Mißtrauen, um Wahrheit und Lüge, ein Spiel, das auf dem immer enger werdenden Grat zwischen Normalität und Wahnsinn einem abgründigen Finale zutreibt.

Aus dem Französischen von Georges Hausemer

WAT 289. 160 Seiten

ELSA MORANTE

Aracoeli

Roman

»Fabulierfreudig wie die großen russischen und italienischen Erzähler des neunzehnten Jahrhunderts.«

Ute Stempel, *Frankfurter Rundschau*

Aus dem Italienischen von Ragni Maria Gschwend

WAT 293. 432 Seiten

GOFFREDO PARISE

Der schöne Priester

Roman

»Parise besaß die Fähigkeit, die Welt mit den Augen des Einzelgängers zu sehen, nicht mit den tausend Augen der öffentlichen Meinung.« Natalia Ginzburg

Aus dem Italienischen von Hellmut Ludwig

WAT 295. 272 Seiten

ERICH FRIED

Das Nahe suchen

Gedichte

»Ein Lyriker, der die Kunst beherrscht, zwischen den Stühlen, zwischen den Kulturen zu sitzen, ein Genie im Auffinden öffentlicher Fettnäpfchen, ein Dichter, der es nicht aufgibt, Gedichte gegen den Zustand der Welt zu schreiben.«

Herbert Heckmann

WAT 297. 96 Seiten

LLOYD JONES

Der Mann, der Enver Hodscha war

Roman

»Lesen! Mit derart spannender Reiseprosa sind wir nicht gerade verwöhnt.« Marko Martin, die tageszeitung

Aus dem Englischen von Yvonne Badal

WAT 298. 264 Seiten